SAINTE FUTILE

ALIX GIROD DE L'AIN

Sainte Futile

ANNE CARRIÈRE

ISBN : 978-2-253-11946-3 – 1re publication LGF

À mes morts :

Roland Girod de l'Ain, mon père,

et aussi mes si chers François M.V., Colette G.A., Paul et Nanette B., Florence A., Guillemette B., Simone L.F., Jo B.

qui peut-être, de là où ils sont, souriront en lisant des extraits de ce roman dans « Ailes », le magazine qui vole haut.

Je sais, c'est gai, pour un début.

« Il y a dans le cœur de chaque homme un vide en forme de Dieu. »

Saint Augustin

« Dieu est classe. »

Valérie Lemercier

Prologue

> « Je suis prêt à rencontrer mon Créateur. Quant à savoir s'il est préparé à l'épreuve de me voir, c'est une autre histoire. »
>
> Winston Churchill

Dieu existe.

Et il ressemble à Karl Lagerfeld.

Fallait s'y attendre.

Vous me voyez bien primesautière mais le jour où j'ai découvert que le Créateur avec un grand C et Le créateur avec un grand L étaient une seule et même personne, ça m'a tellement estomaquée que j'en ai momentanément perdu l'usage de la parole. Pourtant, les mots, d'habitude, ça me fait pas peur : je suis une femme qui écrit dans un magazine fait pour et par des femmes, pensez. Depuis dix ans que j'exerce ce métier, il en faut beaucoup pour me surprendre ou m'intimider. Mais là, ce que j'ai à raconter, c'est du lourd. Je reviens de loin. Je reviens de pire que trois jours de voyage de presse à Djerba, une conférence de rédaction sur les effets retors de l'épilation maillot ou une interview avec Jennifer-Tête de lard-Lopez.

Je reviens de la mort.

La journée avait pas mal commencé : c'était la semaine du prêt-à-porter à Paris. Par un de ces glorieux matins de février où la ville semble déjà frémir d'un parfum de soldes presse, je sortais du show Gaultier et j'avais une heure à tuer avant le défilé Chanel. En ce douzième et dernier jour des collections automne-hiver, je n'étais ni lasse ni blasée : en fait, couvrir les défilés, ce n'est pas mon métier.

Les gens ne comprennent pas toujours le distinguo entre journaliste dans un journal de mode et journaliste de mode tout court. Il est néanmoins essentiel. La journaliste de mode dans un journal de mode écrit sur la mode et s'habille à la mode, alors que la journaliste tout court dans un journal de mode se fiche pas mal de la mode. Enfin, ça, c'est en général, parce qu'il existe également des journalistes n'écrivant pas sur la mode dans un journal de mode bien qu'elles s'habillent très à la mode. Ce qui n'est pas mon cas. Moi, non seulement je m'habille pas du tout comme mes rédactrices en chef, mais mon boulot, d'ordinaire, c'est plus le « papier air du temps », le « psycho léger » ou le billet d'humeur.

Vous ne voyez pas trop à quoi ça correspond ? C'est pourtant simple. Mes papiers pour *Modelle*, on les reconnaît à ce qu'ils sont illustrés par des dessins de petites bonnes femmes rigolotes, les mains sur les hanches, le plus souvent en slip. Je pense que, dans la tête des gens qui me lisent, mon nom doit être associé à une petite bonne femme aux mains sur les hanches, en slip. Je dis ça sans soupirer ni geignasser : le principe ne me déplaît pas. Mes collègues des pages sérieuses, elles, leurs papiers sont toujours illustrés par des photos d'Afghanes voilées ou d'Africaines violées, tout de suite, c'est moins gai. L'idée d'écrire des trucs qui font sourire les gens me va parfaitement. Je reçois des tas de messages de lectrices, et c'est rare qu'elles m'engueulent sur mes prises de position sur le remariage de Demi Moore : le plus souvent, elles sont même très contentes de mes astuces du genre « Demi ne fait pas les choses à moitié ».

Je n'ai pas honte de mon métier, au contraire. Mes rédactrices en chef ont cette formule très juste lorsqu'elles me commandent un papier sur le retour du poil de nez chez l'acteur hollywoodien : « Attention, dans ce journal comme ailleurs, le kilo de plumes pèse aussi lourd que le kilo de plomb. » Où en étais-je ? Ah oui, à mon rapport à la mode. Disons que, pour ce qui est de la perfection fashion, je suis croyante mais pas pratiquante. Je lis tout bien, je vais aux bons endroits, je dépense au moins autant que les autres filles, mais au final, je vois bien que c'est pas ça. J'y arrive pas. D'où ce statut professionnel un peu atypique de « journaliste pas top mode qui du coup écrit sur tout sauf sur la mode dans son journal de mode ».

C'est précisément pour ça que mes chefs m'ont fait couvrir les défilés. Lors d'une conférence de rédaction, quelques semaines plus tôt, ma direction bicéphale avait réfléchi à voix haute à une nouvelle façon de parler des collections : « Les lectrices se plaignent de ce que notre ton fait trop “initié”. Il faudrait rafraîchir tout ça… Pourquoi ne pas envoyer quelqu’un qui n’y connaît rien ? » Les chefs, en riant, envisagèrent successivement de mandater un enfant, puis un hétérosexuel, puis un chien, avant que leur regard ne tombe sur moi. Pauline Orman-Perrin, cette bonne vieille POP ! Bien sûr, j’étais la personne *ad hoc*.

Déjà, Raph, ma chef brune, imaginait mon papier : « Marni a fait une collection vachement bizarre avec plein de couleurs et des manches trop longues. Personnellement, j’ai trouvé ça très laid mais je suis sûre que dans six mois, j’adorerai. »

« Ah oui, c’est drôle, a renchéri Mimi, la chef blonde. Ou alors, POP va passer dix jours à essayer de déterminer la future longueur des ourlets, alors que tout le monde sait que, depuis au moins seize saisons, la taille de la jupe, tout le monde s’en fout. »

J’ai ri de bon cœur, comme les autres. Juste protesté, pour la forme, que, si ça se trouve, c’est moi qui avais raison contre toutes les autres. Au fond, ça ne m’embête pas du tout de passer pour une quiche en mode. J’en suis même plutôt fière, comme si c’était ma petite particularité à moi, au milieu de ce régiment de soldates de la tendance, capables de décider le matin ce qui sera has been le soir. Et puis, même si ça n’est pas sa spécialité, à force de baigner dans un jus fashion, une salariée de chez *Modelle* est toujours bien plus calée en fringues que n’importe quel être humain n’importe où sur cette planète : je comptais bien sur la chance de la débutante pour dénicher, moi aussi, une tendance qui laisserait mes collègues sans voix.

Traditionnellement, le défilé de Karl Lagerfeld (chez *Modelle*, on dit Karl tout court) est celui qui clôt les collections. Après huit jours de marathon, je touchais enfin au but. En trottinant rue Saint-Honoré, je ne sentais plus le froid sur mes orteils pétrifiés dans mes sandales d'hiver (des sandales d'hiver, c'est comme des sandales d'été, mais en fausse fourrure), ni les élastiques de mon boxer remonte-fesses me scier le haut de la cuisse. Je ne pensais qu'à mon papier, à cette révolution en marche : le retour de la jupe-culotte. Mais pas un retour profil bas comme en 1998 ou en 2001, non, un raz de marée de néo-jupes-culottes, auxquelles il faudrait bien donner un nom. Lorsqu'un vêtement présente trop de points communs avec quelque chose ayant déjà existé, la tradition dans notre métier, c'est de le rebaptiser. C'est ainsi que les caleçons des années 80 sont devenus les leggings de 2005. Ça permet de faire renaître le désir de la lectrice. Alors, pour mes jupes-culottes : « Toutes en *skirt-trousers* » ? ou : « On veut des Ju-Cu » ? Plein d'options d'accroches de couverture se bousculaient dans ma tête. J'étais proche de l'euphorie. Je suis une fille très « boulot » : le sens du devoir accompli a toujours galvanisé « l'employée de la semaine » qui sommeille en moi.

Machinalement, je suis entrée chez Colette. Un peu comme les religieuses qui poussent la porte des églises sans même s'en rendre compte. Chez les journalistes de la presse féminine, entrer chez Colette, c'est à la fois respecter le culte et se retrouver chez soi. À cette heure de l'après-midi, le *water bar* du sous-sol était quasi désert. Pourquoi me suis-je assise dans un recoin, et pas à la grande table d'hôte trônant au centre ? Aujourd'hui encore, je me l'explique mal. Certes, deux journalistes de *Vague*, notre éminent concurrent, y étaient déjà attablées, picorant une « salade à rien », la spécialité de l'endroit. (Le *water bar* est, à ma connaissance, le seul restaurant au monde où l'on ait compris qu'une cliente qui demande une salade sans assaisonnement espère quand même disposer à côté de deux ou trois petits bols de pignons, croûtons, huile d'olive et parmesan : pour être anorexiques, on n'est quand même pas des chèvres. Grâce soit rendue à Colette.)

L'esprit qui règne dans mon métier est plutôt plus sain qu'on ne l'imagine : mes collègues de la mode m'avaient prévenue de l'entente cordiale qui règne entre rédactions rivales. Partager ses impressions d'après-défilé de façon informelle est monnaie courante : il suffit de prendre à la lettre l'exact contraire de ce que la fille vous raconte (« J'ai a-do-ré le show Saint Pradi »), et l'on est fixée sur la ligne de son prochain papier (« Que de fausses notes pour le styliste Jean-Raoul Jaopardi »). Bref, j'aurais très bien pu, comme elles m'y ont invitée d'un large sourire carré, rejoindre à leur table Alice Dupont-Nallard, dite ADN, et Marie-Lise Poulichon, alias « la Pouliche ». J'ai préféré rester dans mon alcôve, à réfléchir au chapô de mon papier.

La vue des trois étagères de verre chargées de bouteilles d'eaux rares venues des quatre coins du monde qui surplombaient mon siège m'a donné soif. C'est quand j'ai levé la main pour commander une demie de chardonnay que le drame est arrivé : le ciel de verre m'est tombé sur la tête, dans un chaos de bouteilles fracassées, de bulles explosées et d'étiquettes déchirées. À peine le temps de me dire : « De toute manière, *water bar*, j'ai toujours pensé que c'était un concept à la con », et ce fut la nuit.

Quand j'ai repris mes esprits, Karl Lagerfeld me souriait gentiment. On raconte qu'après un traumatisme important, les gens se réveillent comme neufs, en ayant complètement oublié ce qui leur est arrivé. Ça, c'est bidon. J'ai tout de suite compris que quelque chose de louche était en marche. Karl ne sourit jamais à des femmes habillées comme moi. En plus, son défilé étant terminé depuis deux bonnes heures, à l'évidence, il roulait déjà vers Milan, sabrant le Coca light de la victoire dans le minibar de sa limousine. Lorsque l'homme au catogan m'a demandé comment je me sentais, d'une voix sans aucune trace d'accent germanique, j'ai revu toute la scène du drame et je n'ai pu qu'articuler :

– Vous n'êtes pas Karl Lagerfeld, n'est-ce pas ?

– Non, pas exactement.

– Où suis-je ? À l'Hôpital américain ?

– Non plus, il a fait, grave.

– Je ne suis pas à l'hôpital public, quand même ? j'ai gémi. Ma rédaction n'aurait jamais laissé faire ça.

– En aucun cas, rassurez-vous. Vous êtes… comment dire ?... ailleurs. Vous avez eu un accident gravissime et vos chances de survie étaient minimes.

– *Étaient* ? Dites tout de suite que je suis morte, tant que vous y êtes !

– Faut reconnaître que ça y ressemble, a-t-il opiné avec un sourire engageant. Bienvenue dans ma demeure, Pauline Orman-Perrin, dite POP. Je me présente : je suis LE CRÉATEUR.

Bien évidemment, une rafale de questions se bousculait sur mes lèvres : Étais-je défigurée ? Colette en personne était-elle au courant du drame et, si oui, s'en était-elle émue ? Au moment de l'accident, quelqu'un avait-il vu mon soutif La Perla de l'an dernier ? Même pas les consœurs de *Vague*, juré ? Me trouvais-je, d'une façon ou d'une autre, installée dans un genre de carré VIP à cet instant précis ? Avais-je eu le temps, dans un dernier râle, de murmurer aux secouristes l'accroche de ma tendance jupes-culottes – « Toutes en *skirt-trousers* », à la réflexion – sachant que *Modelle* boucle le mardi à 17 heures et qu'il faut tout de même leur laisser du temps pour la maquette ?

Dieu m'a regardée, scié.

– On m'avait prévenu, mais ça dépasse l'entendement. Vous êtes la première personne à se présenter ici et à ne parler QUE d'elle-même. Et ce small talk, en jet continu... C'est stupéfiant. D'habitude, lorsque les gens me rencontrent, ce n'est pas de leur marque de lingerie préférée qu'ils me parlent en premier.

Ça m'a énervée, ce petit ton redresseur de torts, je ne peux pas vous dire. J'ai contre-attaqué : quelle que soit l'envergure du people qui lui fait face, une journaliste de *Modelle* a toujours le dernier mot. Plus qu'une caractéristique, c'est une sorte de devoir moral.

– Vous vouliez quoi ? Que je tombe à genoux et que je me mette à chanter des cantiques en latin ? Évidemment, vous, en bon macho dominant, vous ne pensez qu'à vos effets de manche, là, coucou j'existe et la Terre s'arrête de tourner. Mais je suis une professionnelle, figurez-vous, et je fais passer mes devoirs de journaliste avant tout le reste. Vous vous rendez compte dans quelle panade je mets ma rédaction en disparaissant trois heures avant le bouclage ?

– POP, ne croyez pas que j'aie le moindre dépit de constater que la preuve de mon existence vous laisse de marbre. À mon poste, on n'a plus aucun problème d'ego, alors vos histoires de mâle dominant, à d'autres. Simplement, vous avez une famille. Un mari, deux enfants. D'après mes fiches, vous les aimez. En général, les nouveaux arrivants, c'est ça qui les préoccupe d'abord : « Est-ce qu'ils vont bien ? Comment faire pour les rassurer, leur dire de ne pas être tristes ? », tout ça. Donc, je m'interroge. Sans pour autant porter de jugement sur vous, ça n'est pas encore l'heure (il eut un rire bref et las).

J'en suis restée coite. Et pourtant, en dix années d'interviews professionnelles, jamais aucun people, même les plus grands, ne m'avait jamais prise en flagrant délit de blanc dans la conversation. Face à une Madonna mutique ou un George Clooney s'amusant à me répondre à contretemps (Q : « Comment allez-vous ? » R : « Jusqu'à mardi prochain, mercredi je rentre à L.A. »), j'avais toujours tenu mon rang, enchaînant les questions avec fluidité. Mais là, Dieu venait de me cueillir pour de bon. En effet, durant ces dernières minutes, je n'avais pas pensé un seul instant à ma famille. Est-ce que ça signifiait que je m'étais trop investie dans mon travail, au mépris de cette règle élémentaire qui définit une existence de femme épanouie comme répartie à 55 % pour la sphère privée et 45 % pour la réussite professionnelle ? Et si le pire n'était pas d'être morte, mais de réaliser que j'étais totalement passée à côté du concept de « mère postmoderne » tel que je l'avais moi-même décrit dans les numéros 2054, 2067, 2093, 2100, 2107, 2119, 2131 et 2142 du magazine *Modelle* ? J'en aurais pleuré, ce qui ne m'était plus arrivé depuis 2004, lorsque j'avais rédigé un papier sur la séparation de Brad Pitt et Jennifer Aniston.

D'une voix radoucie par mes yeux humides, Dieu porta tout de même l'estocade :

– Pauline, je n'ai pas le don de lire dans les pensées, mais je suis sûr que, même quand vous êtes triste, vous êtes encore en train de penser « je ».

Il avait raison. Trop fort. L'humiliation tua ma tristesse dans l'œuf.

Je jugeai prudent de changer de sujet.

– C'est bien, chez vous. Totalement ce dont on a envie en ce moment, approuvai-je de la tête en désignant les rééditions de canapés Charlotte Perriand et les lampes en calebasses sculptées de chez Antonine Catzeflis.

– Normal. C'est l'effet paradis ! répondit-il avec un bon rire. En fait, il y a un truc : ce que vous voyez là, vous êtes la seule à le percevoir. J'ai accueilli il n'y a pas cinq minutes un étudiant en dernière année de l'ENA, foudroyé par un accident vasculaire cérébral en pleines révisions. Le surmenage, à l'évidence. Lui, c'est dans la salle d'audience du Conseil d'État qu'il a cru se réveiller, et je lui suis apparu sous les traits de Valéry Giscard d'Estaing. Pauvre jeune homme, quand il a compris qu'il ne serait jamais inspecteur des finances, tss tss.

– Ah oui, et où est-il, ce malheureux ? Pourquoi n'y a-t-il personne à part vous et moi ? Où sont les autres ?

– Ils sont à côté. Ici, c'est en quelque sorte l'antichambre du paradis, comme un sas de décontraction avant d'attaquer les choses sérieuses. Rendez-vous compte, POP, que dès que nous serons tombés d'accord, vous et moi, vous n'aurez plus qu'un mot à dire pour rencontrer ces centaines d'hommes et de femmes magiques, qui, dans leur vie terrestre, ont contribué à façonner le monde moderne tel que vous l'avez connu et aimé !

– Waouh, super. Qu'est-ce vous parlez bien, on dirait du Pierre-Luc Séguillon.

Karl ne releva pas la pointe d'ironie dans ma voix.

– Voyons, vous êtes journaliste chez *Modelle*, qui voudriez-vous que je vous présente ? Laissez-moi deviner. Hélène Lazareff, Françoise Giroud ?

– Euh… si vous aviez plutôt Carolyn Bessette Kennedy, je serais pas contre. Ça s'est arrangé, entre elle et John-John ?

Dieu-Lagerfeld fit alors un geste inattendu ; il prit sa tête dans ses mains pour étouffer un sanglot. S'ensuivit un discours dans lequel il apparaissait que je venais de louper ma seconde chance de redorer mon blason : si j'avais été bonne élève, je n'aurais pas dû demander à rencontrer une icône blonde et vide, mais plutôt un échantillon représentatif des vaches sacrées de la presse féminine, sans oublier – piété familiale oblige – l'intégralité de mes grand-tantes poilues passées dans une vie meilleure une vingtaine d'années plus tôt. Je réprimai un fou rire.

– Pardon, mais là, c'est trop. Vous pensiez vraiment que moi, Pauline Orman-Perrin dite POP, auteur d'un article intitulé « Je n'aurai jamais de rides, je suis contre », élu Prix L'Oréal du meilleur papier d'humeur 2004, en arrivant au paradis, je demanderais à rencontrer des vieilles dames ? Mais qui vous fait vos fiches, bon sang ? Ou alors c'est du second degré, vous me charriez, après tout on nage dans le décalage depuis le début.

– Second degré ? Décalage ? Vaziztas ?

Sciée j'étais. Dieu n'a pas la moindre idée de ce qu'est le second degré. Les joggings haute couture, Ab Fab, les sorbets au Carambar chez Ducasse, Valérie Lemercier, pas une lueur sur tout ça. Niveau clientèle insolite, m'a-t-il expliqué, il a bien un des Monty Python à demeure depuis quelques années mais *La Vie de Brian* ne l'avait pas fait rire, allez comprendre. C'est lorsque à mon tour j'ai pris ma tête dans mes mains pour répondre : « Ça va être long de vous expliquer, mais quelque chose me dit qu'on va avoir du temps, vous et moi » que le Créateur a fait cette réponse qui allait changer le cours de ma nouvelle vie :

– Ça, ça ne dépend plus de moi. C'est à vous de décider de la suite des événements, POP.

Tel Karl tapotant le talc de son catogan, Dieu passa la main sur le haut de son crâne, faisant jaillir une petite brume de nuages. Il prit une grande inspiration avant d'attaquer.

– Comme vous le devinez désormais, Pauline, j'ai une certaine influence sur l'existence de ceux d'en bas. J'interviens rarement pour les rappeler à moi – souvenez-vous que j'ai voulu l'homme libre, y compris de faire le mal, de se cholestéroler les artères à coups d'Apéricubes ou de s'habiller chez Roberto Cavalli comme des footballeurs du Milan AC –, mais parfois je peux stopper le processus de leur mort. Vous êtes dans ce cas. Techniquement, à l'heure qu'il est, vous êtes dans un coma dépassé. Les tessons d'une bouteille de Watwiller millésimée ont sectionné votre carotide et, à cause des embouteillages de la rue de Rivoli en période de défilés, les secours ont mis du temps à arriver. Ou étaient-ce vos consœurs de *Vague* qui ont un peu tardé à se rappeler le numéro du Samu, je préfère ne pas le savoir. Quoi qu'il en soit, vous pouvez basculer à tout moment dans l'un ou l'autre camp.

– Je choisis les vivants, j'ai fait de ma petite voix la plus mignonne, ma voix de fillette, ma voix à moue incorporée, qui d'ordinaire fait un tabac chez tous les mâles : hommes, enfants, même les lapins nains rappliquent quand je sors cette arme secrète.

Dieu n'a même pas relevé.

– Compte tenu de notre entretien préalable, Pauline, je ne peux en aucun cas vous accueillir au paradis. Du moins pas en l'état. Les gens qui entrent ici sont passés dans une dimension supérieure. Ils ont déposé leurs bagages lourds de petites contingences terrestres pour accéder à une sorte de conscience globale, pour plonger dans un grand tout d'amour et de compassion universelle et… Ne froncez pas les sourcils comme ça… bon… Pour parler un langage à votre portée, POP, il y a des gens qui sont tout simplement prêts à entrer au club alors que, vous, pas du tout.

Pas digne d'entrer dans un club privé, moi ? Je m'hyperventilai à coups de petites respirations saccadées.

– Vous parlez à une femme qui a été plusieurs fois sollicitée par le comité de sélection du *Who's Who* et même, pardonnez-moi cette vanité, a reçu récemment une carte Extrême-VIP de la boutique Voyage, le magasin britannique le plus fermé du monde. Rendez-vous compte que même Naomi Campbell s'en est fait refouler en 1999. Passons. Notre principale force, à nous autres journalistes de la presse féminine, est de savoir nous adapter partout. Si, pour entrer chez vous, il suffit d'avoir Amour Global et Espérance Universelle à la bouche, je sais faire, comme tout le monde j'ai été new age au début des années 90.

Re-soupir de Dieu. Encore une fois, je n'avais rien compris. C'est précisément tout ce fatras de contingences misérables qu'il me faudrait abandonner pour avoir le droit de franchir la porte. Après un instant de réflexion, je retrouvai mon calme : compte tenu des critères de sélection, le Paradise VIP Club était très certainement un nid de vieillards très chiants. Je rusai :

– Vous avez gagné, je ne suis pas digne d'entrer chez vous. Eh bien, quittons-nous bons amis, renvoyez-moi en bas et n'en parlons plus.

Pour n'avoir aucune maîtrise du second degré, Dieu ne manque pas complètement d'humour. Il rit de bon cœur de mon audace puis me dévisagea, songeur.

– Croyez-vous au purgatoire, Pauline ?

– Non. Il y a encore cinq minutes, je n'étais même pas sûre de croire en vous, alors le purgatoire, ses cohortes de pécheurs en stand-by, ses ateliers thématiques d'expiation, cette espèce de méga-spa pour purification de l'âme, non, vraiment, c'est trop.

– Vous avez à la fois raison et tort. Le purgatoire n'existe pas tel que les exégètes du Moyen Âge l'ont décrit. Le purgatoire, c'est de son vivant qu'on le rencontre. C'est en bas, POP, que les péchés de l'humanité s'expient le plus sûrement. Fêtes « trois jours en or » des centres commerciaux, restaurants d'autoroute, épilations maillot, accueil des nouveaux impétrants dans les centres ANPE, conception des emballages de produits alimentaires dits « à ouverture facile »... si j'ai permis que tout cela existe, c'est que je savais que l'homme a, en lui, une soif sincère d'en baver. La plupart des gens qui se présentent devant moi ont eu, au cours de leur vie terrestre, leur content d'abominations, ce qui les aide considérablement à percevoir le grand Tout. Ce n'est pas votre cas, POP.

– Ah non ?

– Mes fiches sont formelles. Vous êtes née dans une

famille soudée, aimante, avec résidence secondaire en région PACA et abonnement au Polo Country Club de Paris. Vous avez fait vos études dans un lycée privé coté, obtenu quelques diplômes sans jamais redoubler et reçu les faveurs de la quasi-totalité des hommes qui vous ont plu, de l'âge de dix-sept ans à votre mariage. Vous êtes d'ailleurs depuis 1990 la femme d'un homme délicieux et la mère de deux enfants, un garçon, une fille, tous deux blonds et bouclés, sans compter un chien teckel à poil dur confirmé à ses épreuves de la Centrale canine avec mention « premier choix ». Votre santé et celle de vos proches sont florissantes. Vous êtes toujours rentrée dans du 38. Votre métier est immensément gratifiant, des régiments de jeunes femmes vous l'envient, et il n'est pas rare que vous receviez des cadeaux griffés à votre domicile. Votre vie n'est pas exactement ce qu'on appelle un chemin de croix, et je sais de quoi je parle.

– Euh, l'argent et le succès ne font pas le bonheur. (Sens de la repartie misérable, d'accord, mais à ma décharge je rappelle que je sortais tout juste du coma.)

– À d'autres.

– J'ai perdu mon père dans un accident il y a dix ans.

– Personne n'avance sans drame, hélas : ce que vous avez enduré ne vous a jamais empêchée d'avancer, au contraire. Et vous avez une mère épatante.

– Vous rigolez ? Elle est partie en croisière il y a trois mois avec un type qui a quinze ans de moins que moi et depuis elle est injoignable.

– Vous devriez vous réjouir d'avoir une maman qui

ne pèse pas sur vous. Tout le monde n'a pas cette chance, sourit-il.

– Qui êtes-vous pour vous permettre de juger ma souffrance ? j'ai fait, relevant le menton d'un air de défi.

À peine eus-je le temps de regretter la grandiloquence de cette sortie que mon vis-à-vis se fit cassant :

– Je suis Celui qui sait. Encore une chance que je ne sois que compassion et amour, pauvre gourde.

Discuter avec Dieu, à bien des égards, c'est comme parler avec une rédactrice en chef : non seulement on est sûre de ne jamais avoir le dernier mot, mais en plus, les tentatives de manipulation, ça y va. Ainsi, lorsque je plaidai ma cause (au nom de quoi le fait, totalement indépendant de ma volonté, d'être née sous une bonne étoile me rendait-il indigne de la vie éternelle ?), il botta en touche :

– POP, vous êtes une femme intelligente. Vous vous doutez bien un peu de ce qui vous attend de l'autre côté, n'est-ce pas ? 99 % des habitants d'ici ont eu une vie plus difficile que la vôtre : comment vont-ils accueillir une fille comme vous, qui, à quarante ans, pousse des petits cris devant une photo de Jude Law, donne son avis sur tout avant même qu'on ait eu le temps de le lui demander et, comme seule quête mystique, s'interroge si oui ou non le turquoise sera le nouveau noir de l'hiver prochain ? Vous allez vous faire lapider.

Tant d'injustice me révolta : ces clichés sur mon

métier, quelle honte ! Me faire passer, moi, la journaliste ayant dédié sa vie au service exclusif de la cause des femmes, pour une sotte, une vaniteuse ? C'est lorsque je baissai les yeux vers mes mains, écœurée, que je réalisai l'état pitoyable dans lequel l'accident avait laissé ma french manucure. Malgré moi, un gros sanglot monta dans ma poitrine.

Dieu garda le silence un moment avant de reprendre la parole.

– Tout de même, POP, vous devez bien sentir que quelque chose cloche dans votre parcours. Avec les atouts qui étaient les vôtres, vous auriez pu donner du sens à votre vie. Mettre votre plume au service des humbles et des exclus, par exemple. Heureusement, il n'est pas trop tard : si vous entrez au paradis, j'ai un projet qui vous permettrait de mettre votre énergie au service de l'être plutôt qu'à celui du paraître…

Intérieurement, je frémis. « Être sans paraître », comme loisir, ça devait ressembler à des heures entières passées à lire *Le Monde diplomatique* en jogging plutôt qu'à des ateliers beauté des pieds à glousser avec les copines. Dieu, qui décidément avait sa petite idée en tête, continua, le sourire engageant :

– … Voyez-vous, ceux qui vous ont précédée dans l'éternité disent parfois que si la vie spirituelle y est très riche, les occasions de se distraire sont plus rares. Surtout les femmes, jeunes, qui sont minoritaires ici et trouvent souvent le temps long. J'ai depuis longtemps l'idée de leur proposer un journal, sur un format mi-féminin, mi-news, un titre qui aurait du fond, naturellement, mais aussi une vraie modernité de ton. Françoise

Giroud ayant décliné ma proposition pour des raisons que j'ai du mal à m'expliquer, il me manquait une plume pour l'animer, mais lorsque votre dossier s'est présenté, c'est devenu limpide…

Il leva un index enthousiaste et articula, gourmand :

– POP, que diriez-vous de devenir rédactrice en chef de « Ailes, le magazine qui vole haut » ?

C'était le pompon. Le museau poudré de Dieu-Karl en frémissait d'aise. J'imaginais déjà les accroches de ses rêves. Une couverture avec Mère Teresa barrée de lettres d'or : « Exclusif, la petite sainte ouvre son cœur. » Dedans, un jeu-test « Êtes-vous Amour ou Don ? » signé saint François d'Assise, un sujet mode présenté par Marie-Madeleine, le psycho-rigolo de Jeanne d'Arc « Faire la guerre ou faire l'amour, faut-il vraiment choisir ? », sans oublier la fiche tricot de Thérèse de Lisieux : « Faites-le vous-même : une camisole en chanvre. » Et ça, répété cinquante-deux fois par an pendant… l'éternité… sous les ordres d'un directeur de la rédaction mégalomane, et ayant de vraies raisons de l'être. Et voyons, oui, Jésus étant né un 24 décembre, Capricorne, en plus, un signe proprement infernal à gérer pour un Cancer comme moi. Rien d'étonnant à ce que Françoise Giroud, cette fine mouche, ait passé son tour…

– Je suis flattée de votre confiance… au-delà des mots. Malheureusement, être chef, encadrer, prendre des décisions pour les autres, j'en ai toujours été parfaitement incapable. Même moi, j'ai du mal à suivre mes propres conseils. Comment voulez-vous que je dirige votre future rédaction ?

– Ta ta ta, vous vous sous-estimez. C'est vrai que vous n'avez jamais géré d'équipe éditoriale, mais votre famille, c'est comme une petite PME et vous la menez de main de maître. Tenez, votre époux, quand vous l'avez rencontré, il disait qu'il préférait encore le supplice du pal au mariage, et dix-sept ans plus tard c'est un père de famille comblé.

À ces mots, mon cerveau se recroquevilla sous un flot d'adrénaline : Pierre, les enfants, qu'allait-il leur arriver ? Un coup d'œil à ma montre. Il était 16 h 07, on était quel jour déjà ? Mardi… Oh, non ! le mardi, Aflição, la jeune fille au pair lisboète, a son cours de communication non violente ; c'est à moi d'aller chercher Adèle au collège. Bon sang, il fallait prévenir l'accueil tout de suite que jamais je ne serais à l'heure. Où j'étais, il y avait peu de chances que les portables passent. Et expliquer la situation à Dieu, peine perdue. Comment faire comprendre au Très-Haut qu'en bas, nous qui n'avons pas l'éternité devant nous passons nos journées à empiler des petites briques de temps, cellules d'activités indépendantes les unes des autres qui, sans le mortier d'une organisation béton, s'écroulent à coup sûr ? L'urgence était d'abréger la conversation avec l'homme au catogan :

– Écoutez, diriger votre féminin, dans l'immédiat, ça va pas être possible. C'est quoi, l'autre option ?

– Eh bien, je vous propose de vous renvoyer d'où vous venez. Mais à une condition : vous devrez changer radicalement d'attitude et de façon d'être. Devenir meilleure, plus profonde, plus généreuse, plus ouverte à l'Autre, afin de percevoir le grand Tout dont je vous parlais tout à l'heure. Être, sur terre, digne de ceux qui sont déjà au paradis. Et attention : pas d'embrouilles. Si c'est pour reprendre vos mauvaises habitudes, je vous rappelle tout de suite ici… et définitivement. POP, je vous laisse une chance de transformer votre simple vie en destin. Ce sera sûrement dur, vous tâtonnerez plus souvent qu'à votre tour, vous devrez affronter le silence et l'incompréhension, vous trébucherez, vous tomberez même… mais je ne vous laisserai pas seule. Vous aurez un temps limité pour parvenir à donner du sens à votre existence : à vous de découvrir ce que j'attends de vous et les délais qui vous sont impartis. Je serai à vos côtés, discrètement, mais en permanence, afin qu'autour de vous rayonnent le Beau et le Bien, enfin.

Je n'en demandais pas tant. Mais je me jetai sur ma seule chance de sortir de ce mauvais rêve en promettant solennellement que bientôt, à côté de moi, sainte Thérèse de l'Enfant-Jésus passerait pour une roulure, foi de POP.

– J'ai hâte de voir ça. Bonne chance à vous, sainte Futile, sourit Karl Lagerfeld.

Puis tout redevint noir.

Le premier jour

> « Quoique invisible aux yeux de la nature mortelle, Dieu est visible dans ses œuvres. »
>
> Aristote

Ouvrir les yeux me prit autant de temps qu'allumer un des ordinateurs portables mis gracieusement à la disposition des pigistes de *Modelle* par une direction générale prodigue : je dus sauter à pieds joints sur le bouton de contact de mon cerveau pour soulever chacune de mes paupières avant d'apercevoir un point de lumière dans un brouillard verdâtre. Le point se rapprocha jusqu'à se transformer en un visage tout ratatiné, simiesque, franchement repoussant, tout à fait comme ces faces de duègnes espagnoles peintes par Goya. « La vache, pourvu que ça soit pas un miroir », eus-je le temps de penser avant qu'un cri perçant me vrille les oreilles.

– Elle revient, elle revient, venez vite.

Quelques secondes plus tard, mon mari avait remplacé la curieuse femme dans mon champ visuel. Il portait, comme à l'accoutumée, une chemise au col recroquevillé et une veste molle. Ses cheveux gris, trop longs, le vieillissaient et les contours flous de son menton trahissaient ces années de ce régime reblochon-vin rouge qu'il disait « crétois » et que j'avais rebaptisé « crétin ». En temps normal, j'aurais pensé « Tut tut, quel gâchis ce laisser-aller ! » mais la seule chose qui me vint à l'esprit fut : « Qu'il est beau. » C'était simple comme tout, d'une évidence de cristal. Cet homme, mon mari depuis quinze ans, était beau à en pleurer. J'eus envie de le lui dire mais tout ce qui sortit de ma bouche fut un borborygme en tous points semblable au *grrblbl* que fait le polytraumatisé intubé de partout en phase de réveil dans la série *Urgences*.

– Ma chérie, tu as eu un accident, tu ne peux pas parler pour le moment mais bientôt ça ira mieux.

Et merde, j'étais bel et bien une polytraumatisée intubée de partout en phase de réveil. Mais ici, contrairement au Cook County Hospital, les probabilités qu'une maquilleuse se soit penchée sur mon cas étaient nulles. Je devais être affreuse.

Le regard soudain liquide, Pierre serra ma main sans faire attention à la perfusion qui, en bougeant dans la veine, me fit l'effet d'une aiguille à tapisserie raclant l'intérieur de mon poignet. Je ne fis pas un geste pour le repousser en grommelant : « Bon sang mais quel con ». Je tournai le visage vers lui. Je ne pensais plus à la tête que je pouvais avoir ni à ce sentiment d'avoir avalé un sac de gravier. Je regardai simplement mon mari. Je l'aimais.

Avant de sombrer de nouveau dans le sommeil, j'eus

juste le temps de me demander si mon cerveau était intact.

Il y eut d'autres réveils, d'autres endormissements soudains, d'autres visages connus ou inconnus traversant mon champ de vision et, pour moi, autant de motifs d'inquiétude sur l'intégrité de mes fonctions intellectuelles. Les médecins, eux, paraissaient contents, qualifiant mes progrès de « tout à fait remarquables » : ne m'avait-on pas enlevé mon assistance respiratoire deux heures seulement après ma sortie du coma ? Mais je savais bien que quelque chose n'était pas normal. Pourquoi cette joie insensée en lisant un mot de mes enfants de quatorze et onze ans ainsi rédigé : *Trop kool, tu revient biento mamounett ! biz, Paul et Adèle*, alors que d'ordinaire j'en aurais conçu une vive et légitime inquiétude quant à leur avenir scolaire ? Pourquoi cette indifférence en recevant un télégramme personnalisé de Gérard Lanvin, mon idole, qui disait : *Prompt rétablissement à mon intervieweuse préférée de* Modelle ? Pourquoi le fait d'avoir été déclarée cliniquement morte pendant quelques minutes n'éveillait-il en moi qu'un intérêt poli, alors que la contemplation du tilleul déplumé dans la cour de l'hôpital me plongeait dans un ravissement absolu ? Pourquoi, loin de me nouer le ventre, le fait de me retrouver allongée dans un CHU de la banlieue sud, ni coiffée ni maquillée et vêtue d'une chemise de nuit en mauvais polyester jaune pâle me semblait-il une aventure inédite et plutôt intéressante ?

Bien sûr, ma rencontre avec Karl Lagerfeld devait y être pour quelque chose. Hélas, lorsque je m'en ouvris à mes médecins, ils échangèrent un petit sourire entendu et évoquèrent une « overdose de neuromédiateurs typique d'une EMI (expérience de mort imminente) ». Pierre non plus ne me crut pas : il ne me laissa même pas lui raconter toute l'aventure. Juste après ma description de Dieu/Karl, il m'interrompit pour conclure, fort d'un bac scientifique obtenu en 1978 :

– Ce doit être des échanges chimiques qui ont merdé dans ton cerveau. En admettant qu'il existe, ce que je ne crois pas un instant, c'est pas possible que Dieu ressemble à autre chose qu'à Ronaldinho.

La seule personne qui prêta attention à mon histoire fut la duègne.

Le deuxième jour

> « On n'annonce pas l'Évangile à un homme qui a les pieds mouillés. »
>
> William Booth

La vilaine petite femme aperçue à mon réveil à l'hôpital n'était ni une hallucination ni, merci Seigneur, un miroir.

Elle revint le lendemain, alors que j'étais seule, une bonne heure après la fin des visites. Dans un demi-sommeil, en la voyant tapoter mes oreillers, je la pris pour un genre d'infirmière en civil, mais assez vite, je constatai qu'elle ne s'intéressait ni aux appareils qui m'entouraient ni à ma courbe de température. Elle s'installa sur la mauvaise chaise en skaï élimé placée près de mon lit et sortit un ouvrage d'un sac en plastique. Tout en travaillant à sa tapisserie, sans me jeter un regard, elle se mit à me parler :

– Vous allez a-do-rer cet hôpital, ici, nous avons toutes sortes d'activités extramédicales, des ateliers de loisirs créatifs, même des groupes de parole !

Plus que ce qu'elle disait, ce fut son ton enjoué qui me parut louche. Je pensai qu'elle devait être un genre d'attachée de presse mandatée par l'Assistance publique pour m'inscrire à un stage de guérison par le rire, une réunion de macramé collectif ou une calamité de ce style. Je lui demandai si elle faisait partie de l'administration. Elle eut un rire bref et secoua la tête en signe de dénégation sans lever les yeux de sa tapisserie. Après avoir tiré la laine en silence pendant une ou deux minutes, elle posa son ouvrage, l'air pensif, approcha sa chaise de mon lit et colla son visage à mon oreille avant de murmurer :

– Avez-vous envie de parler ?

C'est là que je compris. Bon sang, cette piquée devait être une catéchiste free-lance ou, pire, une psychologue bénévole ! Malgré ma fatigue, je trouvai la force de bondir sur mon lit :

– Je vous préviens, madame, je ne parle plus aux analystes. La dernière fois, ça m'a pris huit ans et l'équivalent d'un vestiaire Chanel pour m'entendre dire que si je dormais mal la nuit, c'est parce que mon père était mort dans un accident à 2 heures du matin.

– Je ne suis pas psy, je vous rassure, pouffa-t-elle.

Elle recula son petit visage simiesque du mien pour me tendre la main :

– Pardon, c'est ma faute, je ne me suis pas présentée. Germaine Criquet. Responsable de l'unité bénévole d'aide aux mourants du CHU de la porte de Vanves.

Aide aux mourants. Rien que ça. Un jour, avec Pierre, on s'était dit que, plus flippants que la mort, on ne voyait guère que ceux qui prétendaient vous y accompagner dans la joie et la bonne humeur. À une époque, c'était la grande mode, les talk-shows télé grouillaient de gens venus raconter l'art et la manière de rendre une agonie sympa. Mon mari et moi restions bouche bée devant ces oiseaux de mauvais augure au sourire de compassion totalitaire. S'il y avait un moment dans la vie où l'on méritait d'être peinard, c'était pourtant bien celui-là, non ? En temps normal, j'aurais donc hurlé, mordu, griffé, tout fait pour dégager cette femme de ma chambre. Là, nouvelle preuve de ma toute petite forme, j'ai juste dit :

– Je crois que je ne vais pas mourir dans l'immédiat, vous perdez votre temps.

– Je sais, dit-elle en éclatant d'un bon rire. Mais en ce moment c'est très calme au service des soins palliatifs et j'ai des heures à tuer, donc je me balade pas mal dans les couloirs. Hier, en quittant mon service, j'ai entendu les médecins évoquer votre EMI et je me suis dit que ça vous ferait du bien d'en parler. Ici, personne ne prend ça au sérieux, mais moi j'y crois. Alors, racontez-moi, à quoi ressemblait-il, notre ami d'en haut ? Voyons, vous êtes une jeune femme… Pascal Obispo ?

J'en restai stupéfaite.

– Rassurez-vous, madame Orman-Perrin… euh… et si je vous appelais plutôt Pauline ? Vous ne répondez pas ? Eh bien, je vais me permettre de prendre ça pour un feu vert. Vous savez, depuis quinze ans que je fais ce métier, j'ai accompagné plusieurs centaines de mourants, fit-elle d'une voix toujours aussi enjouée. Parmi eux, une vingtaine est revenue, et à chaque fois ils m'ont fait les mêmes confidences. Le tunnel de lumière, puis l'homme, ou la femme, connu(e) et estimé(e) de vous, qui vous accueille, qui vous rassure, qui vous parle de tous les chers disparus qui vous attendent de l'autre côté…

– Ça s'est pas passé comme ça pour moi. Moi, j'ai pas eu le tunnel de lumière ni les paroles réconfortantes ni les chers disparus. J'ai juste rencontré Karl Lagerfeld et il m'a passé un savon.

– Ah. (Germaine Criquet se mordilla l'ongle pensivement.) Je vois. Est-ce qu'il vous a… proposé quelque chose ? Une sorte de pacte ?

De nouveau, j'en restai bouche bée.

– Comment avez-vous deviné ?

Elle toussota en lissant les plis de sa jupe-culotte de tweed vert bouteille.

– J'ai connu ce cas de figure il y a longtemps, au début de ma carrière d'accompagnante. Quelqu'un qui avait vraiment fait des trucs moches pendant sa vie terrestre, enfin, c'est pas à moi de juger, mais bon, des choses qui avaient déplu là-haut. Il était garagiste, pour vous dire. Le style à pas y aller de main morte sur les facturations. « On » s'est présenté à lui comme étant Dieu, pareil que pour vous, et « on » a demandé au mourant de retourner sur terre pour se racheter. Il a passé les vingt dernières années de sa vie à faire de la formation mécanique bénévolement pour l'AFBN

(Association des femmes à bout de nerfs). C'est quoi, votre métier, à vous ?

– Moi, je fais déjà de la formation pour femmes à bout de nerfs. Je plaisante à peine. Je suis journaliste chez *Modelle*.

Elle émit un soupir réprobateur.

– Ben dites donc. Le *Modelle* ? Celui qui titrait pas plus tard que la semaine dernière : « J'ai échangé ma belle-mère contre une étole en renard et j'ai bien fait » ?

– Tiens, ça me fait plaisir que l'accroche vous ait frappée… Le papier, c'est moi qui l'ai écrit. Mais c'est du second degré, évidemment.

– Peut-être, mais le second degré, là-haut… En tout cas, ça explique bien des choses ! Et qu'est-ce qu'« on » vous a demandé, au juste ?

– De donner du sens à ma vie, à mon journal, à ma famille, de faire rayonner le beau et le bien tout autour de moi comme un soleil, des trucs comme ça. Il a dit qu'il m'enverrait quelqu'un pour m'aider…

– Ça alors.

Germaine Criquet pâlit et repiqua du nez vers son ouvrage.

Suivit un long silence, au cours duquel je tentai de synthétiser ce que je venais d'entendre. Ça n'avait pas le moindre sens, de quelque côté qu'on se place. Je regardai la tapisserie de Germaine : interloquée, je réalisai qu'elle ne représentait pas une biche et son faon, encore moins le château de Chambord ou *L'Angélus* de Millet, mais un crâne chauve : je pensais à Zinedine Zidane lorsque l'accompagnante aux mourants déplaça sa main pour prendre un fil de laine. C'est en voyant le bas de l'ouvrage, déjà terminé, que je compris que Germaine Criquet était en train de réaliser un tableautin Jean-Paul II. Le hurlement jaillit de ma bouche :

– Germaine, êtes-vous chrétienne phalange dure ou témoin de Jéhovah ou raélienne ou adventiste de la dernière heure, quelque chose comme ça ? C'est pour évangéliser les malades que vous faites ce boulot ?

Elle se récria, sincèrement choquée :

– Mais pas du tout ! Le prosélytisme, de quelque religion que ce soit, est totalement interdit par notre charte déontologique ! Mon métier est d'aider les gens à mourir, pas de les convertir. Il se trouve que je suis catholique, donc j'éprouve un grand soulagement à voir mes malades partir chrétiennement vers l'au-delà, mais je ne confonds pas les rôles, ah ça non. Je ne me permettrais pas. (Elle tapota son chignon d'un air satisfait.) Je suggère, tout au plus, une petite prière à l'instant du dernier souffle. Rien d'imposé, tout en finesse.

– Écoutez, je ne sais plus du tout où j'en suis. Je suis persuadée, intimement persuadée, que je n'ai pas rêvé cette rencontre avec Karl : je me souviens du grain de sa peau, de l'odeur de talc de son catogan, du velours prune du canapé, tout ça est bien trop précis pour être une hallucination. Et il n'y a que vous pour me croire. Mais, sur le fond, Germaine, ces histoires d'EMI, de messages de l'au-delà, reconnaissez que c'est totalement irrationnel.

– Irrationnel ? Sans doute. Mais l'irrationnel est partout, Pauline. Vous pensez vraiment que le monde dans lequel nous vivons a du sens ? Tenez, moi qui ne lis jamais la presse féminine… (« Je vois ça », pensai-je pas très gentiment en observant son corsage synthétique à boutons dorés)… je constate qu'énormément de femmes croient sincèrement que pouvoir dépenser trois cents euros pour acheter un sac à main chez Hermès les rendra plus épanouies, plus heureuses (« Trois cents euros un sac Hermès ? La malheureuse, elle n'a plus dû entrer dans un magasin de luxe depuis le premier choc pétrolier », m'attendris-je *in petto*)… ce qui, en soit, est totalement irrationnel. Mais je ne juge pas, je ne me le permettrais pas, ajouta-t-elle avec cet immense sourire modeste qui commençait à me taper sur le système.

Elle marqua une pause avant de reprendre, d'une voix légèrement hésitante :

– Êtes-vous mariée ?

– Oh oui ! Et bien mariée ! J'ai un mari merveilleux et deux enfants exceptionnels… Vous voulez voir ?

Depuis deux jours, penser à Pierre et aux petits me faisait immanquablement monter les larmes aux yeux, aussi je crus malin de cacher mon émotion en baissant la tête pour chercher mon sac. Germaine m'arrêta en levant son petit index manucuré en pointe.

– Voyez-vous, je ne suis pas mariée, moi. Et puisqu'on parle d'irrationnel, je trouve totalement aberrant le ramollissement cérébral que le simple fait d'avoir enfanté provoque chez des femmes *a priori* intelligentes. Aucun autre mammifère n'aurait l'idée de s'émerveiller avec autant d'autosatisfaction de ses fonctions reproductrices.

Je relevai la tête, stupéfaite, mais Germaine continuait d'afficher son inamovible rictus.

– Dites-moi, Pauline, la « personne » que vous avez rencontrée là-haut vous a vraiment dit que quelqu'un vous aiderait à mener à bien votre quête de sens ?

– Oui.

– Il faut que je vous confesse quelque chose. L'histoire que je vous ai racontée tout à l'heure, le garagiste de mes débuts, vous vous souvenez ? Dieu, qui lui était apparu sous les traits d'Alain Prost, lui avait également promis de l'aide. Or, c'est moi qui étais là à son réveil à l'hôpital. C'est moi qui ai dû faire le boulot avec lui. Je crains que, de gré ou de force, nous ayons pas mal de temps à passer ensemble dans les jours prochains, Pauline Orman-Perrin.

Sans me laisser le loisir de répondre, Germaine Criquet remballa son ouvrage et se dirigea vers la porte en trottinant. Sur le seuil, elle marqua un temps d'arrêt avant de lâcher, toujours de dos :

– Rappelez-moi, votre accident, c'était bien une avalanche de bouteilles d'eaux minérales ? Et ça, ça vous fait pas tilt ? Vous avez déjà entendu parler du Déluge ? Toutes les religions monothéistes ont à peu près le même récit de Dieu submergeant les pécheurs afin de permettre leur rédemption. En général, ça prend quarante jours, c'est assez vite réglé. Imaginez, le pauvre Moïse est resté quarante ans en exil, vous vous en tirez bien. Et moi aussi, si on va par là, soupira-t-elle avant de disparaître.

Après son départ, je récapitulai.

Ben, c'était pas compliqué. La seule personne qui ait cru à mon histoire se trouvait être une vieille fille catholique, aide aux mourants bénévole, allergique tant à mon métier qu'à ma situation familiale, et accessoirement envoyée par un Dieu auquel je n'avais jamais cru pour redonner du sens à ma vie. Voilà. Lorsque mon mari arriva pour sa visite quotidienne, il me trouva une mine de la couleur crayeuse de ma perfusion d'antibiotiques.

Le troisième jour

> « L'univers m'embarrasse, et je ne puis songer que cette horloge existe et n'ait pas d'horloger. »
>
> Voltaire

Je repris un macaron fraise des bois-cire d'abeille dans la grosse boîte vert pâle.

Mathilde me regarda, fascinée.

– Je te les ai apportés parce que ce sont les derniers sortis et qu'il fallait d'urgence remonter le coefficient hype de ta piaule, mais je pensais pas que tu les mangerais. Tu sais combien y a de calories, là-dedans ?

– Ça m'est égal. J'ai faim.

– Faim ? Mais on n'avait pas dit qu'on arrêtait d'avoir faim, il y a huit ans ?

Ma meilleure amie m'arracha la boîte des mains, faussement sévère.

– T'as quand même pas triomphé du coma pour tomber dans le surpoids, Pauline. Fais gaffe, ça fait trois jours que t'es allongée, t'as loupé deux cours de

Power plate, ici tu ne te nourris que de chocolat, tu commences à avoir des joues comme des fesses, tu m'inquiètes.

En entendant ces mots, le parapluie d'angoisse niché au fond de ma gorge depuis trois jours se déploya d'un coup. Je fondis en larmes.

– Hé, poule, je déconne, t'es pas si grosse que ça.

– Mais je le sais, que je suis pas grosse. Comment veux-tu que je sois grosse un jour ? Je suis contre. C'est de te voir ici, près de moi, qui me donne envie de pleurer. Je sens tant de bienveillance, tant d'amour derrière ce ton rogue. Je ne suis pas dupe de tes airs bravaches, tu sais… Je t'aime tant, ma Math !

– Oh là là, du calme ! Mon ton rogue et mes airs bravaches ? Mais pourquoi tu parles comme dans un téléfilm, Pauline ? Qu'est-ce que c'est que ce pathos ? On n'a pas été très inquiets pour toi parce qu'il n'y avait absolument pas de quoi. Ça m'a même fait rigoler, pour tout te dire, ton accident. Spontanément j'ai pensé « Pop, noyée sous une vague d'eau minérale ? Elle, la madone des côtes-du-rhône ? À d'autres. »

Elle frimait et je le savais. Pierre m'avait raconté que, lorsqu'il lui avait appris mon accident, elle avait hurlé et mis deux bonnes minutes avant de pouvoir dire un mot. Débarquée à l'hôpital aussitôt, Mathilde avait passé la première nuit dans le couloir, assise sur une chaise en plastique thermomoulé à refaire inlassablement les grilles de sudoku d'un *Téléloisirs* récupéré à la poubelle, elle, la belle, la glamoureuse Mathilde. Après mon réveil, c'était elle qui avait planifié les visites, aidé Pierre dans l'organisation de la maison, relayé mes bulletins de santé au journal, mis sur pied une collecte pour m'équiper d'une chemise de nuit Hermès, afin, si cela devait mal tourner, que je quitte ce monde dans de bonnes conditions fashion. Une sœur, la sœur que je n'avais pas eue.

Trois coups brefs, suivis d'un long : à l'usage, j'avais appris à décoder les habitudes de Germaine Criquet. Elle passa une tête hilare dans l'encadrement de la porte avant de lâcher un « je ne dérange pas » d'un ton qui tenait plus de la déclaration que de la question. Je fis les présentations : l'amusement de Mathilde à observer la veste matelassée bordeaux à col de velours de Germaine me sembla à peu près égal à la stupéfaction de l'aide aux mourants devant le tee-shirt *Fuck me Tom* de ma meilleure amie.

– Germaine, voici Mathilde Bourgoy, ma presque sœur et vraie consœur. Math, je te présente Mlle Criquet, qui accompagne les futurs défunts avec énormément de gentillesse mais ne dédaigne pas pour autant les toujours vivants puisque, dans sa grande compassion, elle vient me voir SANS ARRÊT depuis mon réveil.

Totalement imperméable à l'ironie, Germaine, sourire modeste, serra la main de Mathilde en disant :

– Une hospitalisation est souvent l'occasion de prendre du recul sur sa vie. Si je peux être utile à votre amie pour séparer le bon grain de l'ivraie dans les existences fatalement décousues des jeunes femmes d'aujourd'hui, je suis dans mon rôle.

Mathilde, soudain glaciale, déclara que ma vie allait très, très bien et que, pour faire le point, j'étais entourée par une foule de gens qui m'aimaient, à commencer par elle-même.

Germaine rétrécit un court instant les yeux avant de déclarer :

– Dans ce cas, j'imagine que vous êtes la personne *ad hoc* pour l'accompagner dans sa réflexion métaphysique de post-EMI ?

Ma meilleure amie ouvrit des yeux ronds. Je ne lui avais parlé de rien. J'avais bien essayé mais les mots n'avaient jamais réussi à s'assembler en phrases cohérentes pour expliquer à Mathilde ce qui m'était arrivé. Comme si je sentais confusément que personne d'autre que Germaine ne devait faire ce chemin-là avec moi. De l'index, je tapotai ma tête dans le dos de l'accompagnatrice aux mourants pour signifier à Mathilde qu'elle était folle. Dans la foulée, Mlle Criquet lui posa une avalanche de questions sur sa vie privée, s'apitoyant bruyamment sur sa condition de jeune mère célibataire – « C'est ça, que voulez-vous, la femme moderne fait peur aux hommes » –, commentaire consternant qui eut néanmoins l'avantage de confirmer mon diagnostic dans l'esprit de Mathilde : l'aide aux mourants était totalement piquée. À 17 heures, mon amie poussa un petit cri en regardant sa montre puis sortit de la pièce en chancelant sur ses talons trop hauts, laissant le terrain à une Germaine Criquet radieuse qui me tendit un petit paquet :

– Une saine lecture, Pauline : *Pour une gestion chrétienne de nos vies de femmes*. Prenez tout votre temps, je passerai chez vous demain soir pour que vous m'en fassiez un commentaire.

Je grimaçai.

Germaine chuchota :

– Déjà trois jours de passés… Et en quoi avez-vous progressé ? Pensez à votre ami au catogan, ça vous donnera du cœur à l'ouvrage !

Un coup de pied dans la porte l'interrompit : Pierre, un gigantesque paquet-cadeau dans les bras, se fraya un chemin jusqu'au lit. Je fis les présentations. Mon mari resta un moment coi en apprenant le hobby de ma visiteuse :

– Je me suis toujours demandé quel plaisir certaines personnes pouvaient trouver à assister à l'agonie de parfaits inconnus, déclara-t-il avec un sourire polaire.

– Je me suis toujours demandé ce que cachait la peur pathétique de certaines personnes face à la mort, répliqua-t-elle, de marbre.

C'était le moment rêvé de faire diversion :

– Qu'est-ce que tu m'as apporté, chéri ?

– Un appareil automatique à faire les brushings qu'on présentait au téléachat de TF1 ce matin. C'est un peu volumineux mais ils disent qu'on n'a qu'à mettre sa tête dedans et on ressort comme Farrah Fawcett. J'ai pensé que tu serais contente, toi qui vis chez le coiffeur, de pouvoir te faire une beauté ici. Alors, je suis allé te le chercher à leur dépôt pour pas que t'attendes.

Je fondis de reconnaissance devant ce cadeau encombrant comme un six-tonnes, totalement inutile et à coup sûr hors de prix.

– Mais c'est un saint, cet homme-là, pas vrai Germaine ?

La duègne eut un rire sec.

– En effet. Un appareil à brushing… Voilà un homme qui semble tenir en grande estime la vie spirituelle de sa femme. Allez, ma petite Pauline, c'est pas tout ça (elle agita sa petite main grassouillette sur le côté, comme la reine d'Angleterre), je file, j'ai un pancréas en phase terminale à aller voir après vous, un type sensationnel, très profond, une bien belle âme en devenir, pour le coup, ajouta-t-elle en adressant un rictus hostile à mon mari.

Le quatrième jour

> « Comme pour l'esprit rien n'est trop grand, pour la bonté rien n'est trop petit. »
>
> Jean-Paul II

Pyrrhus von Zittenstein zu Uberhaff, dit « Prout le chien », ronflait, ventre à l'air, sur le lit. Paul, allongé de tout son long en travers, profita d'un instant d'inattention de sa petite sœur, mollement alanguie sur mes oreillers, pour tenter une reptation sournoise vers la télécommande. De Filles TV, l'écran passa brutalement à Infosport. S'élevèrent alors des hurlements, dont il ressortait que Paul était un connard de nazi et Adèle une sale pute de sa race. Pelotonnée dans un fauteuil au bout de la pièce, je levai les yeux de mon livre, attendrie. Depuis mon retour, entendre mes enfants se chamailler était comme un cadeau : ils étaient si beaux, pleins de vie, créatifs jusque dans leurs insultes. J'éclatai d'un bon rire :

– Allez allez les amours, je sais que vous vous adorez, embrassez-vous et on n'en parle plus.

Ils s'arrêtèrent net de hurler pour me dévisager, horrifiés.

– T'es sûre que ça va, maman ?

Je hochai la tête en signe d'assentiment, d'une humeur de rose, et repris ma lecture. Les cris recommencèrent et Paul entreprit d'arracher une mèche de cheveux de sa sœur.

– Attention mon chéri, tu pourrais faire mal à Adèle, le tançai-je tendrement.

Ma fille lança son coude osseux dans l'entrejambe de son frère avec un ahanement féroce. Il hurla de douleur. Je secouai la tête, amusée.

– Hou là là, la télé, ça vous énerve on dirait. Si on allait plutôt faire un super quatre-quarts tous ensemble ? J'ai vu qu'il y avait du beurre de baratte dans le frigo, votre gentil papa a fait un marché fantastique.

Les enfants se regardèrent à nouveau. Adèle murmura, interloquée :

– … Un super quatre-quarts tous ensemble, maman ? T'as le temps de cuisiner avec nous ?

– Déjà, d'où t'es contente du marché de papa ? renchérit son frère, avant d'ajouter sans reprendre son souffle : Avant, tu disais toujours que si tu le laissais faire, on mangerait que du pain avec du beurre et du brie et qu'on aurait un taux de cholestérol de sexagénaires obèses à huit ans et que heureusement que tu étais là pour penser à notre équilibre alimentaire, parce que, diététiquement parlant, les hommes en général, et ceux de la famille Perrin en particulier, c'est quand même le grand n'importe quoi.

– J'ai dit ça, moi ? Ça m'étonne, c'est très injuste.

Quelle chance au contraire, un papa qui fait les courses. Tiens, ça me révolte presque de penser que j'aie pu dire des choses pareilles. Alors, ce quatre-quarts ? Quoi ? Vos devoirs à faire ? Mais on s'en fiche des DST de maths, l'important c'est de passer du temps ensemble, non ? Vraiment pas ? Tant pis, sentez-vous libres de faire ce qui vous fait plaisir, mes amours.

Paul et Adèle me regardèrent, estomaqués, sans plus rien dire. Un bref instant, je me revis, la veille de l'accident, éructant des « Lamentable, aucun respect, déception totale », en signant un 9 sur 20 en physique, et j'eus mal, rétrospectivement, de la violence de mes propos envers la chair de ma chair. Le mot « miséricorde » me traversa rapidement l'esprit. Je sursautai. « La vache, qu'est-ce qui m'arrive ? » me dis-je *in petto*. On sonna à la porte et ma fille, ravie de cette diversion, se jeta sur l'œilleton.

– C'est une vieille qui a un look à faire la quête, maman. J'ouvre pas, naturellement ?

– Mais non, quelle horreur, laisse-moi voir ? Oh, c'est Germaine, ma copine de l'hosto. Ouvre, Adèle, chuchotai-je.

– Ta copine, habillée comme ça ? On dirait la femme à Chirac…

– La femme DE Chirac chérie, et puis on s'en fiche des fringues, elle est top, tu vas voir. Allez, ouvre !

Ayant entendu la formule « On s'en fiche des fringues » sortir de ma bouche, Paul s'était rapproché, sourcils levés. Tout son père, mais en taille quatorze ans, ces derniers temps.

Dans l'obscurité du palier, Mlle Criquet semblait encore plus petite et plus vilaine que d'ordinaire. Elle eut un mouvement de recul en voyant le comité d'accueil au grand complet.

– Germaine, quel joli manteau ! Le loden revient, en tout cas ça devrait pas tarder, j'en fais une affaire personnelle. Ha ha ha. Vous connaissez mes enfants ?

Je vis Paul et Adèle fermer les yeux un instant en embrassant les joues poilues que l'aide aux mourants leur présenta avec un petit rire gêné. Je ne me formalisai pas du rictus de dégoût qui passa brièvement sur le visage de Germaine au même moment. Les mômes des autres sont volontiers répugnants, même quand on n'est pas du tout hostile au concept de petite personne ; alors, pour les gens qui ne se sont jamais reproduits, ce doit être une vraie torture. J'avais écrit un papier rigolo là-dessus dans le temps.

Germaine avait une grande qualité : contrairement à la plupart des demoiselles de son âge, elle ne parlait jamais aux enfants comme à des bébés. En fait, elle ne leur parlait pas du tout.

– Comme ils sont charmants, Pauline ! Mais je ne veux pas voler leur précieux temps libre, me dit-elle comme s'ils n'étaient pas là. Où pourrions-nous nous isoler sans risquer de les déranger ?

En entrant dans mon bureau, pièce la plus éloignée de la télévision, *i.e.* des enfants, Mlle Criquet arrondit la bouche de surprise : dix mètres carrés, presque autant de mètres cubes de papiers, journaux, photos, livres empilés, Post-it griffonnés, dossiers de presse et échantillons divers, au milieu desquels un œil habitué aux strates horizontales finit par distinguer un Power book gris acier posé sur ce qui, des années auparavant, avait été une table de salle à manger. Avec mon métier, pas le choix, expliquai-je. Personne ne peut écrire à *Modelle*. Notre salle de rédaction, le bureau 542, est un plateau où cohabitent une trentaine de journalistes et une quinzaine d'ordinateurs. Les premières arrivées gagnent. Et elles gagnent quoi, me direz-vous ? Le droit de tenter d'exercer leur métier dans le brouhaha constant, la valse des coursiers, la polyphonie des téléphones fixes et portables, l'envol permanent de sacs de shopping, les rires, les cris, parfois les larmes (« Bouh, pourquoi Marie-Pierre l'a reçue et pas moi, l'invite aux soldes presse Chanel ? Elle s'en fout, elle est devenue *no logo* »). Sur notre plateau, on mange, on dort, on chante, des gens accroupis s'invectivent, des femmes se touchent les cheveux, d'autres comparent leurs bijoux, j'aime à dire que notre salle de rédaction est une place de village africain, à ce détail près que notre chef n'a pas d'os dans le nez mais un piercing au nombril. Il est très gai, notre plateau, à tel point qu'aucun journaliste n'aurait l'idée saugrenue de tenter d'y écrire un article. Une fois, une seule, catastrophe de bouclage oblige, j'avais dû rédiger un édito au bureau 542. « C'est parfait, il ne manque que les verbes. Rentre chez toi le refaire, ils t'attendront, à l'imprimerie », avait souri Mimi, la chef blonde.

À Germaine épouvantée, j'expliquai toutefois que, derrière le bordel apparent, ma petite tanière était bien rangée. Au fond, ce qu'elle avait sous les yeux, c'était juste l'illustration matérielle du paradoxe de la femme-qui-a-tout-pour-être-épanouie : vies privée et professionnelle réunies sous un même toit + enfants dans la pièce à côté = strates horizontales et transversales jusqu'au plafond mais cohérence quand même. Car j'avais une botte secrète pour tout retrouver : mes listes.

Je montrai fièrement à Germaine les Post-it verticaux disséminés dans toute la pièce. Bleus pour la maison. Rouges pour le boulot. Verts pour les divers. Liste de courses de bouffe à faire (rouge). Liste des excuses déjà produites au moment de rendre un papier en retard (bleu). Liste des plus belles phrases de Johnny Hallyday régulièrement réactualisée (vert). Liste d'objets égarés à retrouver quelque part dans la maison (bleu). Liste de cadeaux qui me feraient vraiment plaisir par catégorie de prix, de cent euros en cent euros (vert). Liste de vêtements à donner à la Croix-Rouge, ou alors à vendre un max dans un dépôt-vente, faut voir (bleu). Liste de dîners à organiser avant Noël sous peine de passer pour une malpolie (bleu). Liste des défauts de mon mari classés par ordre de gravité (vert). Liste de listes, par degré d'importance. Avec ce système, rien ne pouvait m'échapper, expliquai-je gaiement. Seule réserve quant à ce procédé imparable : les disparitions de Post-it, ou, plus vraisemblablement, leur enlèvement par des lutins ou des elfes du foyer. Toutes les listeuses le savent : ce sont toujours les documents les plus importants qui s'évanouissent. Il s'agit généralement de trucs urgents écrits sur la dernière feuille du bloc, celle qui colle mal parce que sa bande adhésive est couverte de poussière ou de petites miettes d'on ne sait trop quoi qui traînaient sur le bureau.

Bref, maintenant que j'avais retrouvé la maison, je n'avais qu'une envie : lister au plus vite ce qui m'était arrivé d'important. Liste des médecins beaux gosses du CHU, du plus au moins poilu du torse. Liste des infirmières à claquettes Scholl *versus* une liste des infirmières à chaussons fermés. Liste des fleurs, cadeaux, livres reçus à l'hôpital, sur deux pages au moins, comprenant des mots manuscrits de plusieurs vedettes et pas que de la télé. Liste des messages proposant de faire le marché/passer l'aspirateur/s'occuper des enfants le week-end pendant mon hospitalisation. Celle-là aurait facilement rempli quatre feuilles A4 ! m'émerveillais-je.

Germaine soupira à fendre l'âme avant de déclarer lentement :

– Pauline, je crois que je vais rentrer chez moi tout de suite et ne plus jamais remettre un pied dans cette maison.

– Mais pourquoi ? Qu'est-ce que j'ai dit ?

L'aide aux mourants jeta un regard circulaire à la pièce avant de reprendre, d'un ton résigné :

– Vous êtes sûrement une gentille fille, mais quand je vois où vous vivez, ce désordre, cette superficialité, cette accumulation de choses inutiles, cette confusion qui n'est pas que visuelle apparemment, ce… vernis de rien du tout, au fond, je me dis qu'on ne va pas y arriver.

– Germaine, je ne comprends pas.

– En effet, vous ne comprenez pas. Le travail que nous devons faire, nous n'avons que trente-six jours pour l'accomplir. Dans quarante-huit heures, vous retrouverez votre poste chez *Modelle*, mais dans quel état d'esprit ? Qu'avez-vous fait depuis votre sortie de l'hôpital ?

– J'ai lu le bouquin, protestai-je. J'adore, j'en suis page 62, à la gestion chrétienne de la sexualité conjugale et ça m'a ouvert des perspectives insoupçonnées sur les bienfaits de l'abstinence pendant le carême, ne serait-ce que pour relancer la libido, c'est vrai que c'est astucieux…

J'exagérais. Le livre que m'avait recommandé la duègne était d'un ennui puissant, et il était évident qu'en d'autres circonstances je l'aurais lâché dès l'*incipit* (« En vérité, chrétienté et morosité n'ont que leur rime en commun ! La Foi est Joie »). En même temps, au fil de ma lecture, le découragement avait cédé la place à la fascination. Ainsi, à côté de mon monde à moi, il y avait cet univers parallèle, où l'on s'émerveillait de la fulgurance d'un discours de Benoît XVI mais où l'on ignorait totalement la pertinence d'une déclaration de Sharon Stone sur Lady Di ?

Germaine rajusta pensivement l'attache de son camée qui représentait, non une marquise en perruque, mais un profil de nonne (sainte Thérèse de l'Enfant-Jésus ? Sainte Bernadette ? Impossible de trancher).

– Pauline, je n'ai pas pour habitude de baisser les bras facilement. Mais sans votre implication entière et inconditionnelle, vous allons au casse-pipe et dans votre cas, ça n'est pas qu'une formule (rire bref). Je veux bien vous laisser une chance de me prouver que vous êtes disposée à revoir entièrement votre hiérarchie des valeurs. Éliminez les scories de votre univers. Commencez par ce bureau. Triez. Rangez. Videz. Ne gardez que l'essentiel. Vous avez… deux heures. Je vous attendrai dans le salon.

– Euh… L'essentiel ? Mais comment choisir ? Vous voulez pas me donner un coup de main ?

– Ma petite Pauline – la voix étranglée d'une fureur sourde –, ces cinquante dernières années, j'ai passé ma vie à aider mon prochain dans tous les domaines, sans compter mon temps ni ma peine, mais je n'ai pas la vocation d'un éboueur. L'homme au catogan a été formel sur ce point : on ne vous laissera jamais seule dans votre quête, mais c'est à vous de trouver un sens nouveau à votre vie. Vous avez un aspirateur à gravats dans cette maison, j'espère ?

Alors, j'ai fait ce qu'il fallait. J'ai demandé aux enfants de m'apporter des sacs-poubelle et je me suis mise au boulot. Au début, ce fut pénible et laborieux : passe encore de jeter mes vieux carnets d'interviews (que des beaux mecs : « Ne parler qu'à des canons hétérosexuels afin de tenir compte des aspirations profondes de la lectrice, notre vraie patronne » avait toujours été mon éthique professionnelle), mes souvenirs de reportage (à 80 % des Bic piqués au Plaza de l'avenue Montaigne), mes disquettes d'articles sauvegardés (dont plusieurs, tordants, sur les défauts de ma belle-mère), mes badges d'accréditation quatre étoiles à des festivals super-glam' (empruntés à des consœurs le plus souvent, mais qu'importe), mes biographies de people patiemment mises à jour, les livres un peu lestes reçus en service de presse et cachés derrière les dictionnaires… J'écrasai quand même une larme au moment de dire adieu à ma collection complète de *Vanity Fair*. J'hésitai un instant devant la pochette de courrier des lectrices ; après tout, ces lettres, le plus souvent adorables, partaient d'intentions pures… Oui, mais le fait de les avoir conservées, qu'était-ce d'autre qu'une boursouflure d'ego ? Au panier donc. Plus le temps passait, plus mes gestes gagnaient en rapidité et en sûreté. Je me mordis juste un peu l'intérieur des joues pour me donner du courage avant de jeter mes listes.

Je ne gardai que la photo dédicacée de George Clooney, que je glissai précautionneusement dans mon dossier « santé ». À un moment, quand même, fallait arrêter de déconner.

En moins de deux heures, ma tanière était devenue une cellule de moine.

Je marchai lentement dans la pièce. Mes pas résonnèrent un peu, pour la première fois. Le vieux poster « Hello Kitty » avait laissé une tête de chaton jauni en négatif sur le mur blanc. Les pieds de mon Pierce Brosnan grandeur nature en carton dépassaient d'un sac-poubelle.

Alors, il se passa une chose étrange.

Je me sentis fière de moi.

J'appelai les enfants, qui me félicitèrent poliment avant de me demander, un peu inquiets, si je comptais aussi passer dans leurs chambres. Tandis que je les rassurais (« Moi ? Perdre deux heures à ranger le bordel des autres ? Vous rigolez ou quoi ? »), j'entendis la voix de Germaine depuis le salon, à peine couverte par le son de la chaîne KTO.

– Vous avez fini, Pauline ? *Shmouk.* À la bonne heure ! Je viens voir. *Shmouk.* Oups, excusez-moi, j'ai la bouche pleine. Pendant que je regardais ce reportage fascinant sur les potagers des frères maristes au Québec, je n'ai pas pu résister aux délicieux gâteaux (elle prononçait « gôteau ») secs sur la table basse. Oh, à ce propos, j'ai pris sur moi d'enfermer votre chien dans la cuisine. Il voulait absolument faire un enfant à mon mollet gauche, il est curieusement élevé, non ?

Paul, propriétaire en titre du teckel, passa son pouce sous sa gorge en grimaçant au moment où Mlle Criquet, des miettes de macaron fraise des bois-cire d'abeille plein les bajoues, apparut dans le couloir. Il transforma immédiatement son geste d'égorgement en grattage de menton. Germaine ne sembla rien remarquer et je me félicitai d'avoir si bien élevé mon fils, cet ange. À l'entrée du bureau, la duègne marqua un temps d'arrêt et joignit les mains en signe de ravissement.

– C'est formidable ! Là, un nouveau départ est possible ! Oh, vous savez ce qui me ferait plaisir pour fêter ça ? Qu'on fasse une petite prière tous ensemble ! Oui, avec vos enfants, bien sûr ! Ils sont évangélisés, naturellement ? Non ? Même pas de caté ? Pourtant, ça lui ferait du bien, à votre petit djihadiste. Je plaisante, naturellement. Allez, tous à genoux, je vais vous dire un petit texte œcuménique, ça ne mange pas de pain.

C'est alors que Pierre rentra.

C'est alors qu'étonné des hurlements du chien Prout, enfermé dans la cuisine, il poussa la porte d'un bureau laissé plein comme un œuf le matin même et désormais aussi vide qu'un poulailler turc.

C'est alors que cet athée de toujours, fervent émule de Michel Onfray, trouva ses enfants épouvantés, à genoux devant une vieille femme déclamant du Paulo Coelho tandis que son épouse, paumes écartées, fermait les yeux, un sourire de *pietà* flottant sur ses lèvres.

C'est alors que, d'une politesse glaciale, il déclina la proposition de Germaine de se joindre au groupe et fila se remplir un mug de saint-estèphe à ras bord.

Le cinquième jour

« N'abandonne pas un vieil ami : le nouveau ne le vaudra pas. »

L'Ecclésiastique

Mathilde m'avait donné rendez-vous dans un sushi-bar. Comme moi, ma meilleure amie déteste le poisson cru et plus encore le riz blanc, froid et mou. Nous avons d'ailleurs une théorie sur le fait que 99 % des filles qui prétendent adorer cette bouffe pour tortues Ninja pipeautent. La vérité, à notre avis, c'est plutôt que les restos japonais sont les seuls de Paris où l'on ne risque pas de vous poser d'autorité du pain et du beurre salé sur la table, avant de vous suggérer le verre de vin blanc qui va bien avec le gâteau de pommes de terre au foie gras. Mathilde et moi étions toutes les deux au régime, ce qui, chez une Parisienne, signifie qu'après avoir skippé le petit déjeuner, on s'affame à midi avant de se jeter vers 19 heures sur le saucisson sous cellophane du frigo. Bref. Après avoir passé commande de ce qui semblait le plus répugnant sur la carte, un plateau de bouchées californiennes (?) aux algues et au raifort, nous attaquâmes le vif du débat : mon retour chez *Modelle*. Normalement, mon congé maladie devait durer trois mois, mais compte tenu du peu de temps dont je disposais pour accomplir mon grand dessein, j'avais proposé à notre direction bicéphale de réintégrer mon poste plus tôt. C'était parfaitement illégal, mais Raph et Mimi, en entendant ma petite voix mouillée d'angoisse, avaient cédé. J'avais juré d'y aller « crescendo mais mollo mollo » et, en échange, mon retour officiel avait été programmé pour la conférence de rédaction du lendemain matin, dite « conf' de l'aube ».

– Sois là à 11 h 30 pétantes, Pauline. Loupe pas le début, mais habille-toi un peu, on t'a préparé une super surprise…

– Chut, ne me dis rien, alors.

– T'es dingue ? Tu veux te retrouver avec ton rimmel aux genoux et le nez rouge ? Parce que, je te préviens, tu vas chialer. On t'a répété une chanson en canon avec tous les services, même les fiches cuisine seront là. C'est sur l'air du *Tourbillon de la vie* mais on a réécrit les paroles. Ça fait : « Elle avait des points de suture sur le crâne, des tas d'cicatrices, sur tout le visage. » C'est très beau, vraiment. Et super drôle, vu le fait que tu es intacte, pas vrai ? Après, ce qu'on a prévu…

– Chut, Math, vraiment, laisse-moi découvrir ça. Je te jure que je pleurerai pas. Je suis en train d'apprendre à contrôler mes émotions avec Germaine, et je progresse très vite. Elle m'a laissé un essai passionnant sur les larmes hier soir : si on les considère ni plus ni moins comme des humeurs, une sorte d'urine de l'âme, on prend sur soi beaucoup plus facilement et on les conserve pour les vrais chagrins, sans gaspillage. Gérer sa pudeur, c'est important pour l'estime de soi.

Au nom de la duègne, le visage de Mathilde avait pris la couleur des lamelles de gingembre du plateau californien.

– Germaine, c'est ta camarade de l'hosto qui fait le signe de croix devant les divorcées ? Elle est bien placée pour te parler de pudeur, elle qui va coller des miroirs sous le nez des mourants… Tu imagines, quand elle rentre dans une chambre et qu'elle se présente « Bonjour, je fais de l'accompagnement aux futurs décédés… », c'est pas la mort avec sa faux, c'est la mort avec son sac à main, ta copine.

– Mais non, tu caricatures. Évidemment, elle est un peu atypique…

– Atypique ? POP, elle t'a fait jeter ton affiche de *Et au milieu coule une rivière* dédicacée par Brad Pitt et Robert Redford… Elle est pas atypique, elle est dangereuse.

– Mais comment tu sais ça ?

– Pierre m'a fait un mail ce matin. C'est pas souvent que je sens ton mari aussi flippé. Il dit que ton bureau est passé en moins de deux heures du stade « laboratoire de Betty Boop » au stade « espace de retraite amish ». Il a peur de l'influence de cette Germaine et moi aussi, pour être franche. C'est normal que tu te sentes fragile après ce qui t'est arrivé mais fais gaffe à toi…

J'interrompis Mathilde et retirai ma main qu'elle venait de serrer dans la sienne.

– Personne ne me parle comme elle, Math. Ce ne sera jamais une amie mais elle me fait du bien. Elle m'agace mais elle m'apaise en même temps. J'ai besoin d'elle. Tu peux comprendre ça ?

Mathilde grommela quelque chose d'incompréhensible en tentant d'attraper une boulette de riz avant de jeter ses baguettes sur le bord de son assiette.

– Putain, c'est pas que ce soit bon, mais je meurs de faim. Je peux pas choper le riz avec leurs saloperies de pics à brochette. T'as pas un truc qui servirait de kit de survie sushi dans ton sac ? Un genre de pince à épiler ?

– Désolée, j'ai pas pris ma trousse. T'as remarqué ? Je ne me maquille plus depuis l'hosto. Pas envie, c'est drôle.

Silence navré. Mon amie, courageuse, choisit de botter en touche.

– T'es en plein dans la vibe. Ça fait six mois que Caline Reinefeld (machinalement, nous nous signâmes toutes deux à l'évocation de la hiératique patronne du mensuel *Miss Vanity*) ne sort plus de chez elle sans correcteur de teint mauve, dans un genre Camille Claudel après ses électrochocs. Spectaculaire. Très moderne en tout cas. À propos, comment tu vas t'habiller, demain ? Ta jupe Marni et tes sandales Zara ? Avec des collants opaques verts, ça serait bien, non ?

Je secouai la tête.

– Pauvre, pauvre Math ! J'en suis plus là, si tu savais ! Si on parlait plutôt d'habiller nos âmes, d'embellir la vie des autres ? T'as entendu parler de la Charité compassionnelle ? C'est une assoce top qui aide les femmes victimes de violences abominables. Si je te racontais les détails des sévices…

Mathilde Bourgoy, blessée, me fit juste remarquer d'une petite voix que le « point déguisements de la conf' de rédaction du vendredi » était un rituel que j'avais moi-même initié, dix ans plus tôt. Et, à ce jour, je n'avais jamais manqué ce rendez-vous.

Le sixième jour

> « On m'a montré le paradis et j'ai vu que la majorité de ses habitants étaient des femmes. »
>
> Mahomet

Suresnes, siège du groupe Clochette, leader européen de la presse dite de loisir. Les portes de l'ascenseur s'ouvrirent sur le petit *cling* métallique usuel. Qui, de moi ou de la vingtaine de femmes qui m'attendaient, eut l'air le plus surpris ? Plus tard, des observatrices de cette matinée historique raconteraient ainsi la scène aux stagiaires de *Modelle*.

« Nous étions toutes prêtes à chanter et faire la fête. On avait copié-collé la tête de POP sur les grands fac-similés de couvertures qui décorent les couloirs. Il y avait du champagne rosé et des madeleines à la myrtille. En plus de l'enveloppe qui avait circulé pour la chemise de nuit Hermès de l'hôpital, on avait constitué une cagnotte afin de lui acheter des boucles d'oreille de chez Casoar en forme de bouteilles de Perrier, clin d'œil décalé et drôle à son accident. Pour rendre hommage à la miraculée, Raph et Mimi, les rédactrices en chef, s'étaient même acheté des perruques rousses, comme elle. Lorsque le type de l'accueil nous a dit que Pauline venait de badger au parking, nous nous sommes regroupées devant les ascenseurs avec, en fond sonore, la bande-son du *Tourbillon de la vie*. Les portes se sont ouvertes. Une femme aux cheveux entortillés dans un maigre petit chignon, en jean anonyme, en est sortie. Elle portait un sac Sonia Rykiel d'il y a cinq ans et des baskets *new balance* de 1996. Autant d'accessoires que la brigade de la mode du journal nous interdit de porter, bien évidemment.

« Ce n'est qu'au son de sa voix que nous avons fini par reconnaître Pauline Orman-Perrin.

« Pendant tout notre petit spectacle à la maquette, nous avons fait cercle autour d'elle et elle est restée impassible, un étrange sourire flottant sur son visage. À la fin, elle n'a ni blagué, ni chahuté, ni envoyé de boutade, même à Roberto, de la compta, avec qui elle flirte toujours, on dira ce qu'on veut mais un hétéro ou deux, dans une rédaction à 95 % féminine, ça ne gâche rien. Bizarrement, POP n'a pas ri ni même pleuré. Elle a juste dit : "Tout ce qui n'est pas donné est perdu, disait Mère Teresa. Merci de cet amour que je ressens au plus profond de moi." Une pigiste a chuchoté à une secrétaire de rédaction : "Mère qui ? Mais d'où POP cite un nom pareil ? C'est une nouvelle rappeuse ?" "Je crains que non", lui a soufflé l'autre en secouant la tête. Pauline s'est levée puis a glissé sur le sol en direction de la salle de conférence, sans avoir touché au champagne. Elle a juste dit : "Au boulot, maintenant."

Mathilde Bourgoy en tête, nous lui avons tous emboîté le pas sans oser nous regarder. »

J'avançais, portée par la douce euphorie d'une personne ivre du seul bien-être de se voir entourée de ses semblables. Je voulais travailler. Je voulais me mettre à la tâche, en découdre avec les idées et les mots, me colleter avec mon ordinateur comme jamais. Mais d'abord, retrouver les autres, mes sœurs, renouer avec leurs préoccupations, leurs idées, sentir le vent de l'esprit de *Modelle* souffler sur moi à nouveau.

Le succès de notre magazine tient beaucoup à l'éclectisme de ses sujets, éclectisme que l'on retrouve dans l'équipe rédactionnelle. Dans une même conférence de rédaction, on peut parfaitement entendre une poupée blonde en bottes Marc Jacobs suggérer un reportage au Darfour et un sosie quadragénaire de Michèle Alliot-Marie s'émouvoir des problèmes d'allaitement d'une actrice états-unienne primipare. L'honnêteté m'oblige à dire qu'au final ce sont les sujets du second type qui ont le plus de chances d'être imprimés dans le journal. Même s'il faut du « fond », les lectrices n'aiment pas les numéros « plombés », ça leur casse le moral. Après, elles nous engueulent dans des lettres où elles expliquent qu'elles n'ont pas payé 2,35 euros pour qu'on leur colle l'envie de se pendre dans une ruelle obscure et que, si ça continue, elles achèteront *Vague* ou *Miss Vanity*. Si j'ai pu faire carrière chez *Modelle*, c'est précisément grâce à mes capacités de « déplombeuse de sommaires », comme on dit chez nous. J'ai toujours une illumination tordue, au dernier moment, pour égayer un numéro trop sombre. En général, c'est pas dur, j'écoute ce que les autres disent en réunion, et *pouf*, l'idée conne-mais-bonne jaillit.

La conférence battait son plein. Avaient successivement été proposés les sujets suivants :

– « Sienna Miller a-t-elle perdu la fashion-gagne ? » par Tilla Weber (sujet accepté dans un brouhaha enthousiaste : depuis deux mois, la malheureuse anglaise ne s'était plus présentée correctement habillée une seule fois sur un *red carpet*, il fallait tirer la sonnette d'alarme).

– « Les filles de banlieue prennent le pouvoir », par Bénédicte Delplace (accepté, même si au final tout le monde savait que le papier serait écrit par Sabine Munoz, Bénédicte Delplace n'ayant qu'un seul défaut : celui de refuser de pondre une seule ligne une fois son enquête terminée).

– « Le plafond de verre enfin repoussé grâce au coaching ? » par Sabine Munoz (accepté, mais « angle à affiner », enfin, c'est toujours ce qu'on dit aux pigistes pour qu'elles ne se croient pas trop vite arrivées).

– « Les cadres dirigeants aveugles sur leurs propres manquements sauvés grâce au coaching ? » par Iris de Bouden (refusé, bien entendu, comme tous les sujets d'Iris de Bouden, en conflit ouvert avec la direction depuis sa grève du zèle le jour de la mort de John-John Kennedy, six ans plus tôt).

– « Le tonus vaginal retrouvé grâce au coaching ? »

par Sonia Bellalal (sujet refusé car jugé trop gore, malgré une tentative collective de trouver une accroche plus soft. « C'était bien comme concept, dommage que ça soit si peu visuel », avait soupiré la chef brune).

– Un portrait de la chanteuse Céline Dion par Mathilde Bourgoy, visiblement à court d'idées (sujet refusé car déjà écrit trois fois en deux ans). « De son coach, alors ? » (Sujet plébiscité, la plume vive et aiguisée de Math étant capable de se rire de n'importe quelle chausse-trape. Ma meilleure amie avait récemment écrit un papier très convaincant sur le sex-appeal de Jean-Luc Mélenchon, c'est dire son talent.)

J'écoutais, je prenais des notes, j'opinais du chef, tout à la joie de ces retrouvailles, baignant dans une sorte de béatitude amniotique. Puis on me passa le « bâton de parole », un *sex toy* de chez Sonia Rykiel. (Cette idée tordante de « témoin » à empoigner avant de proposer un sujet, c'est moi qui l'avais eue, un jour de trop grand brouhaha en réunion.)

En entendant la voix douce de Mimi me demander : « Allons-y, ma POP, quel bonheur de te voir si en forme, qu'est-ce que tu nous proposes de bien rigolo ? » je sursautai. J'ouvris la bouche pour dire n'importe quoi, comme d'habitude, attendant que la petite loupiote de l'idée conne-mais-bonne s'allume d'elle-même.

Trou noir.

(À l'évidence, dans le contexte de cette conférence, l'idée conne-mais-bonne tombait sous le sens : « J'ai coaché un coach » tout simplement, les lectrices auront rectifié d'elles-mêmes.)

Douze énormes secondes passèrent, pendant lesquelles je malaxai frénétiquement le cylindre de silicone rose pâle.

Enfin, j'articulai péniblement :

– Quand le coaching de l'âme peut sauver une vie ?

Il y eut un éclat de rire général.

Qui s'arrêta net lorsque l'on comprit que je ne plaisantais pas.

Le septième jour

« Soyez à vous-même votre propre flambeau, votre propre refuge… »

Bouddha

Aflição, l'étudiante lisboète, poussa un hurlement de bête à l'agonie :

– Ah non, Pauline, tou peu pas faire ça ! C'est oune crime ! Pas la mini-joupe rouch, elle est trop bellch.

– Je t'assure, je la mettrai plus, regarde le mètre-ruban, elle fait trente centimètres de long, j'avais dit qu'en dessous de quarante on bazardait.

– Oui, mais elle te va chi bien…

– Tu rigoles ? J'aurais l'air de quoi, avec une jupette ras le mariage à quarante ans ?

– Tou as quarante ans, Pauline ? Tou me l'avais jamais dit. (Elle éclata de rire, dévoilant une quantité phénoménale de dents.) T'as OUNE an de plous que ma mère, ché din'gch.

Je respirai un bon coup. Rester calme. Compassionnelle avant tout.

– Oui, mais ça c'est parce que ta maman a dû tomber enceinte à l'âge de quatorze ans, de son oncle si ça se trouve, c'est souvent comme ça dans les pays du Sud, ça a dû être un drame. C'est de là que tu tiens ton prénom, j'imagine ?

– Ben non, elle avait vingt-deux ans, elle était mariée depuis longtemps… Aflição, c'était le nom de sa tante morte en couches. Fais le calcoul : 22 + 17 = 39. Elle a bien oune an de MOINCH que toi, ma mère, ché pas croyab'.

– Bon, cette mini, tu la veux, ou elle part à la Croix-Rouge avec le reste ?

– Pauline, tou sais bien que y entrerai pas oune couiche dedans, dit-elle d'une petite voix triste.

Naturellement, je le savais. Sur-le-champ je regrettai ce coup bas. Cette façon d'induire « J'ai l'âge de ta mère mais je suis plus mince que toi pétasse », ça n'était pas moi. Rectificatif : ça n'était *plus* moi. Dans un élan de repentir, j'offris mon duffle-coat en lapin, dernier cadeau de Noël de Pierre, à l'au-pair lisboète.

Je contemplai ma penderie, désormais vidée des trois quarts de son contenu. Ne restaient que les pantalons, les jupes au genou, le gris, le taupe, le vert foncé. L'étagère des pulls avait été purgée de tous les modèles fantaisie ou à trous-trous, ridicules sur une femme de mon âge, à l'évidence. Je repensai à la phrase d'Hannah Arendt – ou était-ce Christina Aguilera ? – « *Less is more* » (moins, c'est mieux), en me disant que le sacrifice de mon dressing avait eu le même effet que le nettoyage de mon bureau sur mon psychisme. Je me sentais riche de toute cette place gagnée. Je fermai les yeux pour goûter l'instant. Une très belle phrase me traversa la tête : « Me voilà pleine de mes vides », et je fonçai la noter sur mon ordinateur, totalement imperméable au fait que cette formule grandiose aurait fait un super slogan pour un traitement antiaérophagie.

Devant l'écran, en voyant la page laissée en cours d'écriture, mon cœur rétrécit d'un coup. Le titre du papier « *Modelle*-Brèves : Banc d'essai entre le retour de François Hollande et le retour de Pikachu » était plus long que le texte déjà rédigé. La veille, Raph et Mimi avaient repoussé d'une boutade ma proposition de sujet sur le coaching de l'âme :

– POP, t'es un peu comme une concertiste qui se serait cassé un poignet : il faut que tu refasses des gammes avant de réattaquer les nocturnes. Tu nous trouverais pas une idée poilante en mille signes pour demain soir sur le come-back des Pokémon ?

J'avais obtempéré, la mort dans l'âme. Toute la matinée, je m'étais détronchée. Pour finir par pondre un demi-paragraphe rapprochant finement la rondouillarde silhouette de Pikachu et celle du patron des socialistes. « Il est moins jaune, mais il est tout aussi joli avec ses petits yeux vif-argent, François Hollande. » Je me relus, les larmes aux yeux.

Voilà où j'en étais.

J'étais devenue rigoureusement incapable d'écrire du mal des gens.

J'avais rencontré la Grâce et, au passage, j'avais perdu la mienne.

Le huitième jour

> « La plus belle religion qu'on puisse avoir, c'est de rentrer en soi-même et de digérer l'essence de la vie, se digérer soi-même et produire à partir de ça sa propre religion : l'instinct. Et l'aboutissement de l'instinct, c'est l'amour ! »
>
> J.-C. Van Damme

En vingt-quatre heures, mon comparatif Pikachu/François Hollande s'était enrichi de cinquante-deux signes : une vanne consternante sur le ramage des deux héros, qualifié de « gazouillement enchanteur ». À ce rythme, le papier serait terminé après les prochaines présidentielles.

Le coup de sonnette de Germaine Criquet retentit comme une délivrance.

L'aide aux mourants tenait une pêche pas possible.

– J'arrive de Gustave-Roussy ma petite Pauline. On a un boulot en ce moment, tu peux pas savoir ! Ça tombe comme des mouches, on ne sait plus où donner de la tête. Oufff, je suis vidée, mais c'est de la bonne fatigue, j'ai accompagné trois personnes aujourd'hui, dont une femme tout à fait étonnante. Elle a même renvoyé son mari et ses enfants pour le grand départ, elle ne voulait voir que moi. Je crois que, pour elle, c'est l'aller simple assuré vers notre ami au catogan ! ajouta-t-elle avec un clin d'œil gourmand. Alors, on en est où ?

– J'ai les boules, Germaine. Depuis la conférence où j'ai été si nulle, je n'arrive plus du tout à écrire. Vous pensez que c'est normal ? Il n'y a que quand je jette des choses que je me sens bien.

– C'est pas grave ça, Pauline, répondit-elle sans se formaliser de mon voussoiement en réponse à son tutoiement de catéchiste post-Vatican II. C'est normal que tu aies du mal, c'est le métier qui rentre. Tu as fini *Mon ami Jésus*, du père Raúl Pérez Jiménez ?

– Non, ça m'est tombé des mains page 13. Germaine, vous êtes prête à entendre un truc vraiment atroce ?

La duègne fronça les sourcils avant de reprendre :

– C'est mon métier, vas-y.

– Je crois que je ne serai jamais une bonne catholique. Jamais.

– …

Sans que je m'en rende compte, des larmes grosses comme les perles du collier trois rangs de Germaine se mirent à couler sur mes joues.

– J'ai rencontré le Créateur, il m'a parlé, je sais qu'il existe, il m'a dit ce qui m'attend si je ne m'amende pas, et pourtant, pourtant…

Tout le reste sortit dans le désordre. J'avouai en

bloc. Oui, j'étais incapable de lire jusqu'au bout les livres édifiants que l'aide aux mourants me prêtait. Oui, l'autre jour, après la conf', j'avais essayé d'entrer dans une église pour prier et j'avais calé à la moitié du « Je vous salue Marie », distraite par les lustres à pampilles canon qui pendaient du plafond. Oui, l'encens me collait de l'asthme et je trouvais à tous les fidèles une tête à avoir mauvaise haleine. Oui, je me sentais rigoureusement incapable d'évangéliser qui que ce soit, à commencer par moi-même. Oui, j'allais griller en enfer et avant ça j'aurais fait subir à ma famille la honte d'avoir terminé ma carrière sous la défroque de la mauvaise journaliste, pestiférée, placardisée, pire : démodée.

Mlle Criquet m'avait laissée parler sans piper mot, joignant juste les mains sur les genoux, comme par réflexe. À la fin de ma tirade, elle sortit un mouchoir en tissu de son faux sac Longchamp et me le tendit en ajoutant qu'elle avait un petit creux. Toujours sanglotante, je lui proposai une mandarine, elle opta pour les cannelés bordelais du goûter des enfants. Après en avoir pensivement avalé trois d'affilée, le temps que je me calme, elle prit la parole :

– Pauline, est-ce que Karl a prononcé le mot « catholique » devant toi ?

– Ben non, je ne crois pas, mais c'était sous-entendu, enfin, j'imagine que…

– Tu imagines quoi, au juste ? Tu te permets d'extrapoler la parole du Très-Haut ? Est-ce qu'à un seul moment de votre rencontre, il t'a engagée à devenir une grenouille de bénitier ? Est-ce que tu penses que seuls les « bons catholiques », si tant est que ça veuille dire quelque chose, sont dignes d'entrer au paradis ? Tu prends Dieu pour un imbécile, ma parole !

– Germaine, comme vous y allez ! Ne vous mettez pas en colère. À ma place…

– Je n'y suis pas à ta place ! Et je n'y serai jamais ! Parce que j'ai deux sous de jugeote, moi au moins. Je suis catholique, mais je sais que le Dieu des juifs ou des musulmans, sans même parler de celui de nos cousins chrétiens, n'est pas différent du mien. Les textes vont dans le même sens, le message est identique, c'est le ruban et le papier d'emballage qui changent, c'est tout.

– Germaine, vous êtes en train de blasphémer, ma parole ?

– Ne dis pas n'importe quoi ! (Sous le coup de la colère, l'indéfrisable de l'aide aux mourants semblait avoir lâché : deux mèches se dressaient, droites sur sa petite tête chiffonnée. Fascinée par le spectacle, j'oubliai tout net mon chagrin.) La personne que tu as rencontrée, c'était bien le couturier de chez Dior…

– Chanel, l'interrompis-je. Et Fendi. Mais pas Dior, jamais Karl n'a dessiné pour eux. Pour le coup, vous blasphémez vraiment, Germaine.

– Laisse-moi finir ! C'était pas un vieux type avec son garçon barbu assis à sa droite, hein ? T'as pas vu des chapelets d'angelots assis sur des nuages, j'ai raison ?

– Correct. Et c'était pas non plus la Vierge en couleurs, si vous allez par là. Parce que Karl, visuellement, c'est plutôt du noir et blanc, pas vrai ?

Naturellement, Germaine ne capta pas la vanne. Elle continua, perdue dans ses pensées :

– Si je t'ai fait lire ces textes, Pauline, c'est parce que… je me suis trompée. J'ai pensé qu'étant donné ton pedigree – élevée chez les sœurs, bonne bourgeoise, mariée, deux enfants –, le message de l'Évangile serait le plus abordable pour toi… manifestement j'ai eu tort. Si ni Thérèse ni Augustin – elle ne disait même pas « saint », comme les groupies qui n'évoquent leurs idoles que par leur prénom – ne te sont d'aucune aide, il faut passer à autre chose.

– Je ne comprends pas… Vous pensez que je n'ai pas besoin de devenir une catho de compète, de relire les Évangiles, de me confesser toute la journée et de m'habiller comme une… (coup d'œil à son twin-set marine) une pratiquante ? lâchai-je, le rythme cardiaque bondissant d'un espoir fou.

– Eh bien non. Pas forcément. Les voies du Seigneur sont impénétrables. POP, ce que Karl t'a demandé, c'est de donner du sens à ta vie. On n'a pas besoin d'être tout le temps fourré à la messe pour sentir ce qui est beau, bon, grand et digne d'être. C'est juste plus simple : qu'est-ce que l'Évangile, sinon une grille de décodage commode ? Tout est écrit dedans, y a qu'à suivre le mode d'emploi ! Mais si tu y es allergique et que tu décides de t'en passer, libre à toi. Ce sera peut-être plus dur, c'est tout. Dans ce cas-là, tu devras ne te fier qu'à ta conscience car, malgré les apparences, je ne doute pas que tu en aies une, comme tout le monde (elle éclata d'un rire quasi dément).

– Ne me fier qu'à ma conscience ? C'est-à-dire ?

– Trouve ta propre spiritualité. Écoute-toi, suis ton instinct. Ce que tu as dit tout à l'heure est une bonne piste. Tu ne te sens bien que quand tu jettes des choses ? Alors, vas-y. Jette. À grande échelle.

Je levai les yeux vers elle sans comprendre.

C'est alors qu'un bruit familier de scooter ronronna dans la cour, annonçant le retour de Pierre. Germaine pinça les lèvres et fila vers la porte d'entrée comme un rongeur pris sur le vif.

Le neuvième jour

> « Sans une femme l'homme gémit et va à la dérive. »
>
> L'Ecclésiastique

– Je te ressers du risotto, mon amour ?

Pierre tendit son assiette, abasourdi.

– Tiens, un petit supplément de morilles, tu serais pas contre, trésor ?

J'avais écouté mon instinct. Et mon instinct m'avait dicté qu'il était temps de nourrir ma famille avec de la vraie nourriture et des produits nobles, rien qui sorte d'un sachet et qui se mélange avec l'eau de la bouilloire, en tout cas.

D'où l'introduction de cette chose inhabituelle sous notre toit : un livre de cuisine.

D'où ce risotto, préparé selon les règles de l'art, oignon émincé, riz arborio revenu dans le beurre, vin blanc juste étuvé, véritable bouillon à base d'authentique carcasse de poule (tête du boucher quand j'avais demandé ça, dédaignant notre rituel « lundi c'est poulet cuit ») et l'équivalent de trois mois d'allocs en morilles brossées-mais-surtout-pas-lavées au dernier moment. Une heure quarante de courses + préparation départ arrêté. Mon instinct m'avait également ordonné de distribuer des portions normales, contrairement à cette vieille habitude de ne servir Pierre qu'en dernier, après les enfants, quand il ne reste que deux grosses cuillerées à soupe dans le plat, histoire de l'« aider » à perdre du poids.

Je regardai mon mari avaler le contenu de son assiette, frétillant de bonheur, et l'image de Prout le chien refusant de croire à sa chance devant un os de gigot se superposa à la sienne.

Non, Pauline, pas ça.

Mon instinct venait de me dicter d'arrêter de prendre mon époux pour une sorte d'animal familier, un peu pataud mais si attachant. Depuis trop d'années je traitais cet homme magnifique en labrador géant, songeai-je en le voyant attraper une morille entre deux doigts pour la sucer goulûment. Son geste me donna une autre idée, pour plus tard. Là aussi, mon instinct m'intimait l'ordre de me ressaisir, de renouer avec des débordements érotiques un peu perdus de vue ces derniers temps.

En me déplaçant dans la cuisine, je cherchais à adopter des poses gracieuses, comme ces dames impeccables en couverture des catalogues d'arts ménagers des années 50. Finie, l'échevelée-débordée meuglant à ses proches de remplir le lave-vaisselle parce qu'elle en a ras le pompon de tout faire, bordel. Un tablier, il fallait absolument que j'achète un tablier, me dis-je. Et aussi des ballerines à bout pointu pour lever joliment la patoune arrière devant l'évier. Réenchanter le réel passait par de petites choses, des efforts minuscules de ce type suffiraient à faire circuler un grand vent de bien-être, oui, comme un souffle d'amour tout autour des miens.

Je regardai mes enfants, et une bouffée de reconnaissance me gonfla la poitrine. Cinq doigts au bout de chaque membre, des cheveux presque propres, des dents probablement blanches sous leurs épaisses prothèses dentaires… Et quand bien même ce ne serait pas le cas ? Normaux, ils étaient normaux ; vivants, ils étaient vivants. Et…

– Renvoyé ? Mais qu'est-ce que c'est que cette histoire, Paul ? Pauline, tu dis rien, toi ?

Pierre grondait sur sa chaise, livide. Notre fils, dégageant nonchalamment une mèche de son front, tenta de s'expliquer :

– C'est pas ma faute, c'est Lætitia qui a copié sur moi au DST de physique, mais dans le doute ils me virent deux jours. C'est mortel d'injustice, mais depuis le temps que je vous dis que c'est tous des nazes dans ce bahut.

– Lætitia ? Celle qui a 22 sur 20 en tout ? éructa son père. Elle aurait copié sur toi qui, fort de tes huit heures de travail annuelles, culmines à 9,9 de moyenne ? Tu nous prends pour des cons ?

Adèle pouffa et, instantanément, son frère renversa son verre d'eau sur sa chemise de nuit. Sans le faire exprès, pensai-je.

– Pauline, ça mérite une confiscation de PSP pendant trois mois au moins, t'en dis quoi ? lança mon mari, les yeux toujours fixés sur Paul, comme dans les films où le héros ne détourne jamais son regard du méchant, de peur de se prendre une balle de 8 mm dans la nuque.

J'hésitai, avant de prendre la parole. Paul enfonça la tête dans les épaules comme pour parer un coup.

– Écoute chéri, franchement, je me demande dans quelle mesure on n'est pas en train de surréagir… Qu'est-ce qui nous dit que Paul nous ment ?

Très lentement, Pierre tourna la tête vers moi. Je poursuivis d'une voix un peu hachée :

– … Après tout, cette Lætitia n'est peut-être pas blanc-bleu. Je ne pense pas avoir eu l'occasion de vous le dire, les enfants, mais j'ai toujours trouvé louches, limite faux jeton, les premiers de la classe. C'est vrai, ça cache souvent un désir d'écraser les autres…

Adèle laissa tomber sa cuillerée de yaourt sur la nappe. Je fis mine de ne pas voir et continuai :

– … Je me dis, enfin si tu es d'accord, naturellement, qu'il faut faire confiance à notre grand garçon, chéri. Lui laisser une chance. Pourquoi lui supprimer sa console avec laquelle il s'amuse tellement ? C'est une curieuse façon de le motiver pour travailler davantage. Il a besoin de détente, il n'y a pas que les notes et la discipline dans la vie. Nous n'élevons pas des soldats mais des êtres humains, Pierre ! C'est peut-être toute cette pression qui l'a poussé à un moment d'égarement. Et qui, sinon nous, est capable de lui redonner confiance en lui et en la vie ? Je pense que notre amour familial devrait ressembler à une cathédrale, pas à une caserne.

Saisi de haut-le-cœur, Paul se leva de table d'un coup et sortit en trombe de la cuisine, la main sur la bouche.

Adèle prit son assiette et commença lentement à débarrasser, aidée par son père, mutique, le regard fixe.

– Laissez, je vais le faire, allez vous détendre au salon, les chéris, et n'hésitez pas à vous donner davantage de lumière ! J'ai tout éteint pour des raisons tant économiques qu'écologiques mais je ne veux surtout pas que vous vous abîmiez les yeux ! Votre bien-être avant tout, mes amours ! dis-je d'une voix joyeuse.

Ils échangèrent un long regard, presque douloureux, et quittèrent la pièce sans ajouter un mot.

Le dixième jour

« C'est le cœur qui sent Dieu, et non la raison. »

Blaise Pascal

Je me réveillai fourbue après une nuit trop courte. Pas de courbatures délicieuses dans les ischiaux, ni de souvenirs qui font rougir toute seule, hélas. La folie érotique envisagée à 20 h 15 dans la cuisine en voyant Pierre brouter ses morilles avait fait long feu deux heures plus tard. Une fois les enfants couchés, j'avais commencé par instaurer un climat de décontraction bilatérale, en suivant le protocole usuel ; assise de biais sur le canapé, jambes jointes-parallèles-inclinées à 45°, le sourire dévoilant quatre dents du haut, pas plus – ne jamais effrayer la proie. Pierre m'ayant gratifiée d'un pauvre coup d'œil de noyé, j'avais cherché un sujet de conversation de nature à détendre l'atmosphère. Voyons, qu'aurait fait Audrey Hepburn à ma place ?

– Ça va chéri au bureau ? T'es content en ce moment ?

– Ben ouais, enfin ça va.

– Euh, rappelle-moi ce que tu fais exactement ?

C'était mon problème-qui-n'en-était-pas-un depuis toujours. Je n'avais jamais compris en quoi consistait précisément le métier de mon mari, et alors ? Je savais que ça s'appelait « Vice (vaillesse) CEO (ci-i-o) d'un fonds d'investissement spécialisé dans le computer (commepioutère) engineering (énnedjiniringue) », mais, sans même rêver d'orthographier correctement la formule complète, impossible de visualiser ce que Pierre pouvait faire pendant la journée. Aux gens qui m'interrogeaient, je répondais : « Il a monté avec un copain une boîte de finance liée à l'informatique », l'air évasif de la fille qui ne veut pas raser son auditoire avec des détails techniques, mais la vérité c'est que sous la torture, j'aurais été incapable d'en dire davantage. À cela, une raison affreuse à avouer : je m'en foutais pas mal.

Dix ans plus tard, l'occasion était enfin trouvée de comprendre ce que mon mari faisait entre 9 heures et 19 h 30 ! Et qui sait si enfin, au lieu de ne penser qu'à moi, je n'aurais pas une idée lumineuse pour l'aider professionnellement ! Les femmes bien consacrent beaucoup de temps et d'énergie à la carrière de leur époux, tout le monde sait ça. Dire que, depuis quinze ans, j'étais toujours partie du principe que si Pierre ne me parlait pas de son boulot, c'est qu'il n'en ressentait tout simplement pas le besoin. Quel égoïsme ! La bouche en cœur, je m'enquis de ce qu'était un fonds d'investissement, à proprement parler. Hélas, mon mari se prétendit trop fatigué pour se lancer dans des explications pas drôles et attrapa la télécommande.

Tout ça ne sentait guère le cul, faut reconnaître. Je tentai donc d'entreprendre le père de mes enfants de façon à la fois directe et subtile – rapprochement corporel sur le canapé, main qui repousse machinalement tout élément textile de mon décolleté, petits soupirs, oh là là là y fait chaud, regard coulé lady-dianesque. Devant l'échec flagrant de cette stimulation légère, quasi homéopathique, j'étais passée à du plus musclé ; l'équivalent allopathique du déclenchement du processus érotique, en quelque sorte : la main au paquet.

Pierre fronça les sourcils dans un pur style instit IIIe République revêche, avant de m'indiquer que si possible, il aurait bien aimé regarder tranquille la fin de *Des racines et des ailes*.

En temps normal, une telle remarque m'aurait rendue simplement dingue.

Dans un article, deux ans plus tôt, j'avais mis au point une théorie vachement chiadée : « Dis-moi ce que tu regardes à la télé, je te dirai l'âge qu'a ton couple. » L'émission *Des racines et des ailes* – au même titre que *Capital* ou *Mots croisés* – alourdissait la facture d'une bonne dizaine d'années-conjugalité : qui, je vous le demande, aurait l'idée de forniquer comme des animaux après s'être tapé quatre-vingts minutes sur les trésors méconnus des châteaux du Val de Loire ? Bien sûr, mon mari comme moi-même étions arrivés à un âge où le reportage culturel de première partie de soirée est une tentation réelle, mais afin de ne pas risquer d'imposer à l'autre le spectacle d'un individu réveillé en sursaut par un générique vivaldisant, un petit filet de bave lui barrant latéralement le menton, nous avions solennellement décidé de faire l'impasse sur ce type de programme. Un faible prix pour sauver notre amour, étions-nous convenus tous deux à l'époque. En me parlant ainsi, Pierre me provoquait donc délibérément.

Je ne répondis pas à l'insulte mais attendis que mon instinct me souffle une idée intelligente, constructive, belle et bonne pour sortir sereinement de l'impasse. Bingo :

– Pierre, je pense que tu m'en veux à cause de ce que j'ai dit en face de Paul tout à l'heure et que c'est pour ça que tu fais la tête. Crois bien que je te respecte. Ton avis m'est infiniment précieux. Je t'écoute, si tu as envie qu'on en parle.

– Pauline, tu t'entends, là ? Mais qu'est-ce qui t'arrive, t'as avalé le résumé *Télé Poche* des *Feux de l'Amour* ou quoi ? Ça fait neuf jours que tu te comportes comme une héroïne de soap, le brushing en moins. Tu es complètement à l'ouest, sans même parler du fond…

– Mais si, parlons-en, du fond, chéri ! Qu'est-ce que tu me reproches ? Le fait d'essayer de devenir meilleure, plus tolérante, plus attentive aux autres, moins centrée sur moi-même ? Depuis l'hôpital, je ne ressens pas les choses de la même façon, j'ai besoin, BESOIN, Pierre, de DONNER, moi qui ai toujours tant reçu. Or, je me sens rejetée par toi et ça me blesse.

Pierre se passa la main sur le visage.

– Écoute, chérie, ne fais pas ta sainte Blandine face aux lions, je t'en supplie, pas de victimisation. Je suis le premier à être émerveillé du courage avec lequel tu t'es sortie de ton accident, mais reconnais que tu as beaucoup, BEAUCOUP, changé en très peu de temps, donc j'ai besoin de m'habituer… Cette sortie, tout à l'heure, en face de Paul, on aurait dit un manifeste baba seventies, genre *Libres enfants de Summerhill* le retour ! Et cette manie de te jeter sur les interrupteurs pour éteindre toutes les lumières comme si ta vie en dépendait, toi qui as toujours dit qu'à moins de cinq cents watts par pièce, tu as envie d'avaler du Prozac ! Ce soir, en rentrant, j'ai cru croiser un troll déguisé en orang-outang dans l'escalier, mais non, c'était Aflição avec mon… enfin ton manteau de fourrure. Elle m'a dit que tu le lui avais offert… Toi ? Toi, Pauline, qui m'avais dit en ouvrant le paquet à Noël que tu voulais être incinérée dedans pour être sûre que personne n'en profiterait après toi ?

– Reconnais que c'était atroce comme idée. Mais comment j'ai pu penser une chose pareille ?

– Ce que je pense, moi, c'est que j'étais marié à une bulle de champagne, exaspérante mais stimulante, et là, je me retrouve avec… ne le prends pas mal… une sorte de tisane de camomille à la maison. Alors, dis-moi juste si ça va te passer ou s'il faut que je m'y fasse.

Connard.

Super connard.

Non, je n'avais pas le droit de penser une chose pareille de l'homme de ma vie.

Je me mordis l'intérieur des lèvres pour continuer à sourire :

– Je crois qu'il va falloir que tu t'y fasses, Pierre. La tisane de camomille a sommeil, alors bonsoir.

Je n'avais en réalité quasiment pas fermé l'œil, tentant de trouver du réconfort dans le ronflement léger de Pierre, seul élément de normalité à l'issue de cette affreuse soirée. Dix fois dans la nuit, je fis un geste vers mon mari pour le réveiller, avant de me raviser. Pourtant, le *sommeillus interruptus* était un de mes grands classiques postengueulade, dont j'avais souvent eu l'occasion de développer l'intérêt aux lectrices de *Modelle* : surpris dans son sommeil par une femme en larmes – « Bouh-hou je suis si triste, j'ai envie de mouriiiir » – un homme rend bien plus facilement les armes – « ça va, tout est oublié, choupinette, on peut se rendormir bien gentiment maintenant ? »

Mais l'instinct de la nouvelle Pauline ne pouvait pas lui dicter de secouer un dormeur innocent en pleine nuit, même pour lui proposer le calumet de la paix, ou alors, si on va par là, une petite pipe, mais je n'avais vraiment pas la tête à ça.

Vers 8 h 30, après le départ des enfants pour l'école, je décidai d'interrompre ma somnolence douloureuse pour me traîner jusqu'à la salle de bains et découvris la tête d'Elena Ceausescu dans le miroir.

J'allumai mon ordinateur. L'icône de la boîte mail portait le nombre 18 en surimpression. Je virai douze messages proposant d'élargir mon pénis, résistant à l'envie peu charitable de les forwarder à Pierre – mon métier : l'humour –, je confirmai un dîner chez le nouveau jules de Mathilde pour le lendemain – notre vie mondaine reprenait son cours normal, parlez d'une veine – et finis par ouvrir, cœur battant, le message de Raph, ma chef brune, intitulé « Bendidonc ».

Coucou ma POP, bien reçu ta brève sur le Pokémon, hélas on a eu un problème de maquette, on peut pas la passer, too bad. *Tu viens quand au journal ? On aimerait bien papoter cinq minutes avec toi, Mimi et moi.*

Ça n'était pas bon, ça, pas bon du tout : de mémoire, la dernière fois que notre direction bicéphale avait uni ses forces pour « papoter cinq minutes » avec un salarié, c'était deux ans plus tôt… le jour où Iris de Bouden s'était vu retirer à tout jamais sa carte de cantine VIP.

Je pris rendez-vous pour le surlendemain, le temps d'organiser ma défense, et passai le reste de la matinée à remplir nos chasses d'eau de sacs de plâtre afin de sauver la planète, « un geste citoyen élémentaire », comme répétait toujours la speakerine météo de TF1, une femme certainement très méritante que j'avais toujours tenue pour une gourde dans ma vie antérieure. Puis, tout l'après-midi, je confectionnai des hectolitres de soupe de poireaux-pommes de terre pour « La Charité compassionnelle », association de mères de famille bénévoles, chaleureusement recommandée par Germaine Criquet.

Le onzième jour

> « Pureté et impureté sont personnelles, nul ne peut purifier autrui. »
>
> Bouddha

Je jetai en douce un regard à ma montre. 22 h 45. Seigneur.

Jamais je ne m'étais autant ennuyée dans un dîner.

D'ailleurs, avant, je ne m'ennuyais jamais dans les dîners. Même un débat au ras des pâquerettes sur les difficultés de circulation à Paris entre un retraité réac et une bobo khmère verte m'intéressait. Je trouvais toujours l'occasion de chiper une info, une expression, un dialogue à recaser dans mes articles.

Ce soir-là, pour la première fois, je me demandai si l'on pouvait s'évanouir d'ennui en présence de douze personnes. Je tentai courageusement de m'en tenir aux bons conseils de ma mère : « L'étiquette du dîner assis-placé exige de faire l'essuie-glace » : un coup à droite, trois phrases – hahacommec'estintéressant –, un coup à gauche – hohopaspossible ? –, puis retour face à l'assiette et prise de bouchée. Hélas, coincée entre un avocat pérorant sans discontinuer sur le déclin économique français depuis le velouté de potiron et un dentiste qui comptait les gingivites des convives à voix basse, le seul mouvement d'essuie-glace dont j'étais capable était celui de mes paupières s'activant fébrilement à tenir mes yeux ouverts.

Face à moi, dans l'assiette, du gibier.

Filet de biche.

Biaaak. La maman de Bambi, assassinée par le maître de maison, un broker à oreilles décollées qui, bien que natif de Vierzon, prononçait un mot sur deux en anglais. Mais qui, à en croire les œillades adoratrices de Mathilde, devait être un fin fusil dans d'autres domaines. J'observai un moment mon amie, sidérée : dans sa veste verte à boutons bronze assortie à ses collants opaques, ma copine multi-piercée faisait une épouse de veneur ONF plus vraie que nature. Mais je la connaissais suffisamment pour savoir que sa période saint Hubert ne durerait pas : Math se lassait vite, et je donnais peu de chances à ce garçon à l'esprit plat comme la Sologne d'être encore dans le paysage à la fin de la saison de la chasse. C'était dommage, en un sens : divorcé sans enfant et sans tare apparente – à part cette manie de partir dégommer du cervidé six mois de l'année –, le broker aurait pu apporter une saine stabilité à mon amie et à sa petite Monique (un prénom de l'avenir, d'après sa mère), six ans, ma filleule préférée. Je me promis d'essayer de convertir Math aux joies de la monogamie, discipline dans laquelle elle s'était toujours définie comme « croyante mais pas pratiquante ».

Je cherchai à attraper le regard de Pierre, mais, en grande conversation avec sa voisine, inconnue de mes services une heure plus tôt, il ne me vit même pas. Je détestai cette image de mon mari suspendu aux grosses lèvres d'une ostéopathe vésigondine. Agacée, je tentai la pensée positive : il devait bien y avoir un moyen de se rendre utile, de sauver la soirée de ces flots ininterrompus de small talk. Mon instinct me souffla la solution immédiatement.

– Silence s'il vous plaît ! Plus personne n'a rien à ajouter sur la raréfaction du gibier sauvage en Camargue ? Alors, je vous propose de jouer à un petit jeu. Amusant, mais qui a du sens en même temps. OK ? Voilà : chacun va nous dire où et avec qui il rêve d'être dans dix ans.

Blanc embarrassé autour de la table.

Mon voisin de gauche se lança et confia qu'il ouvrirait volontiers un cabinet d'esthétique dentaire en Floride, nouvel eldorado de la prothèse haut de gamme pour seniors, sans préciser si sa femme, petite créature mutique et surbijoutée, faisait partie de ce grand projet.

Celui de droite déclara qu'en tout état de cause il aurait quitté la France, ce pays foutu par la gabegie gouvernementa… Stop, je lui coupai la chique en faisant semblant de m'étrangler avec mon pain aux noix.

Une femme trop grasse et touchante dit simplement, d'une toute petite voix, qu'elle aimerait bien, dans dix ans, être mariée au même homme. L'intéressé détourna immédiatement son regard des cuisses de Mathilde en rougissant jusqu'à la racine de ses implants.

Un homme écrasa sa troisième cigarette depuis le

début du dîner et dit qu'il n'avait aucune envie de s'imaginer dans dix ans, avec un geste désabusé en direction du cendrier.

Mathilde me fusilla du regard avant de déclarer qu'elle n'avait strictement aucune envie de faire des projections à si long terme, savoir où et avec qui elle serait en 2016, elle s'en fichait pas mal, ce qui sembla surprendre désagréablement le broker, qui plongea ses grandes oreilles vers son assiette sans un commentaire.

C'était mon tour.

Je me levai :

– Eh bien moi, dans dix ans, j'espère que je serai ici, et avec vous tous, à la fois inchangés et complètement différents. Oui, je rêve d'une société où les hommes et les femmes pourront se parler vrai de leur avenir, sans gêne, sans détour, parce qu'il n'y aura plus de mensonges et de tabous et qu'enfin nous accepterons nos désirs profonds sans en avoir honte… Alors voilà, je vous le dis très simplement, ce que je veux, moi, sans attendre 2016, c'est devenir meilleure, oui c'est ça, transformer la femme superficielle que j'étais en machine à faire du bien…

À ce stade de mon discours, l'ostéo à grosse bouche se pencha vers l'oreille de Pierre. Mon oreille bionique de femme mariée face à un PPP (péril pétasse potentiel) se mit automatiquement en route. Je captai quelque chose comme : « À propos de machine à se faire du bien, je vous laisserai l'adresse de mon cabinet, je manipule pas trop mal, je crois. »

Pierre se mit à glousser.

Ils se foutaient de ma gueule.

Je terminai mon discours sur ces mots :

– … Reste à savoir qui m'aimera assez pour me suivre sur cette route.

Un silence consterné suivit. Pierre leva les yeux au ciel et demanda une cigarette à sa voisine.

Après m'être rassise, je sculptai mon dessert à coups de cuiller rageurs. Le visage de Germaine Criquet apparut tout à coup dans la mousse au chocolat, des langues de chat dans les orbites.

Sa voix me revint aux oreilles : « Jette ce qui t'encombre et t'empêche d'avancer, Pauline, jette. À grande échelle. »

Je regardai longuement mon mari avant de lui tendre un cendrier avec un sourire rectangulaire.

Le douzième jour

> « Il y a quatre pensées illimitées : l'amour, la compassion, la joie et l'égalité d'âme. »
>
> Bouddha

– Eh ben, dis-leur de se détroncher encore à l'éditing… Titrer un portrait de Tom Ford « La qué-quête de la perfection », c'est pas possible. On s'en fout que ça soit FUN, Marion ! Ce qu'il faut, c'est que ça soit CLASSE. On est *Modelle*, pas *Pouffe-Hebdo*, bordel.

Mimi, la chef blonde, lissa son front, raccrocha le téléphone et me désigna le canapé d'angle sur lequel elle prit place, ses longues jambes repliées sous son minuscule postérieur minijupé de jean.

Aïe. C'était pas bon ça, pas bon du tout.

La dernière fois que quelqu'un avait été convié à s'asseoir à côté de notre direction bicéphale dans ce canapé d'angle… voyons, de mémoire, c'était il y a deux ans, le jour où Iris de Bouden s'était vu plafonner à tout jamais ses notes de frais à 22 euros TTC par mois.

De retour de la maquette, Raph passa sa petite tête bouclée dans l'entrebâillement de la porte et arrondit sa bouche de surprise, comme si elle tombait des nues de me voir à l'endroit et à l'heure convenus pour notre rendez-vous.

Elle poussa ensuite un cri de ravissement en apercevant Mimi dans son propre bureau et nous rejoignit en une série de sautillements souples sur les dalles de moquette. Je la félicitai, éblouie : réussir à se déplacer dans une robe de bandelettes passe encore, mais chaussée de mules stilleto, ça frisait l'exploit.

La conversation s'engagea de la façon la plus classique du monde. Du moins sous nos latitudes suresnoises.

– T'es belle, t'as pas un peu minci ?

– Non, pas du tout, mais t'es trop chou.

– C'est bien, tes cheveux. T'as coupé un peu ?

– Non, pas du tout, j'ai juste fait un gloss écureuil, t'es mignonne.

– Oh là là, tes ballerines, dingue !

(Ad lib.)

Je me sentais bien en présence de ces deux femmes énergiques et droites : je savais combien leur métier, consistant pour une bonne part à gérer les ego malades de filles dans mon genre, était difficile. Loin des clichés des femmes-détestant-forcément-les-autres-femmes, c'étaient Raph et Mimi qui m'avaient engagée, encouragée, formée, poussée, permis de grandir. En outre, comment ne pas me souvenir que c'est à ma direction bicéphale que je devais d'avoir passé une heure en tête à tête avec Brad Pitt en mars 2001 ? J'aurais été bien ingrate d'oublier leur sang-froid une fois le papier terminé : « C'est super. Juste un peu dommage que tu aies oublié de lui poser des questions. Note que douze mille signes rien que sur son grain de peau, c'est un concept en soi. »

C'est Mimi, la plus chevronnée des deux, qui interrompit brutalement les prolégomènes :

– Bon, t'as pas minci, t'as pas coupé tes cheveux, t'as eu raison de mettre tes ballerines avec ton jean, mais est-ce que tu vas BIEN, POP ?

– C'est vrai ça, tu vas bien, ma belle ? Tu as eu le temps de… reprendre tes esprits, retrouver ton inspiration légendaire, ton… ton punch ? renchérit Raph en boxant l'air de ses bras graciles.

– Ouais, ça va super. J'ai eu un tout petit peu de mal sur la brève des Pokémon…

– Ah oui, tiens ? On n'a rien remarqué, susurra Mimi, magnanime.

– Mais je sens que ça va revenir. En fait, le truc, c'est que je ne vois plus trop les choses comme avant, j'ai un peu de mal à être dans le léger-léger, je me dis qu'il serait peut-être temps que je passe à quelque chose qui a plus de… fond.

– Du fond ? Ah oui ? Super, super, dit Raph, le sourire inquiet. Mais pas trop quand même, hein, on te reconnaîtrait pas… Tu vois, si on t'a fait venir, c'est que c'est ton tour de faire l'édito pour le prochain numéro. Donc si ça te pose un problème ou si t'as besoin qu'on t'aide pour le sujet ou si tu préfères passer ton tour en attendant de reprendre des forces, n'hésite surtout pas à nous le dire…

L'édito tournant. Bon sang. La bulle pontificale hebdomadaire de la rédaction. J'avais oublié. Une fois sur quatre, c'était à moi de l'écrire et j'avais pour mission implicite, après les papiers sérieux de mes consœurs (femmes battues, femmes au chômage, femmes politiques en butte au machisme), de traiter des sujets supposés fendards (femmes à lunettes, femmes au régime, femmes chez l'esthéticienne). À l'évidence, j'étais rigoureusement hors d'état d'écrire la moindre ligne susceptible de faire sourire quiconque... Mais... l'édito de *Modelle*, c'était aussi une page entière de texte en tout début de sommaire, une exposition maximum... l'occasion rêvée de mettre la machine à faire du bien en marche.

– Naan. Pas de problème, j'ai une super idée, je crois. Je vous ferai la surprise, ça sera plus marrant, non ?

La direction bicéphale échangea un bref regard et Raph baissa lentement les paupières en signe d'assentiment.

Mimi leva le pouce :

– On te fait confiance ! Dix années d'expérience feront toujours la différence ! Allez, fais-nous rire ! POP est de retour !

Le treizième jour

> « Comme tu as fait il te sera fait : tes actes te retomberont sur la tête. »
>
> Abdias

Je cliquai sur « enregistrer » et regardai ma montre, le cœur content. Vingt-huit minutes. Je n'avais mis que vingt-huit minutes pour pondre les deux mille trois cents signes de l'édito. Je parcourus mon texte, sourire aux lèvres.

Oui. C'était pas mal. D'ordinaire, comme beaucoup de journalistes, je détestais relire mes papiers : découvrir le gouffre entre l'idée qui avait d'abord germé dans notre cerveau et ce qui finit par pousser sur l'ordinateur est souvent une grande souffrance. Mais là, non, vraiment, j'étais contente, tout était en harmonie.

Poids des mots, choc des formules, mais aussi profondeur et engagement, la nouvelle POP allait stupéfier les lectrices de *Modelle* !

J'hésitai à mailer mon texte à Mathilde : par tradition, nous nous soumettions toujours mutuellement nos éditos avant de les montrer à Raph et Mimi. Moins dans l'attente de suggestions de corrections qu'en fan numéro un l'une de l'autre, pour le plaisir de se lire en avant-première. Cette fois, je me demandai si chercher l'imprimatur de mon amie était une si bonne idée.

La veille, en sortant du bureau de Raph et Mimi, j'avais rejoint Mathilde dans le bocal pour constater avec soulagement que, depuis notre dîner « Chasse Pêche Nature et Traditions », elle avait repris des activités et surtout une allure normales. Ses cheveux blonds retenus par un Bic, les tiags sur le bureau, un téléphone coincé entre menton et clavicule, elle tapait à bout de bras sur son ordinateur. Elle mit une main sur le combiné pour chuchoter : « J'interviewe un psy pour le papier “Ce que vos chaussures disent de votre sexualité”. J'ai pu avoir que Victor Mastard, un drame total ce mec, il connaît même pas la différence entre plates-formes et compensées, faut tout lui expliquer. Pourtant il est lacanien, c'est les moins ringards d'habitude, je comprends pas. »

En attendant que Mathilde ait fini d'extirper au malheureux quelque rapprochement subtil entre forme du talon et désir de pénis, j'allai récupérer mon courrier.

La nouvelle de mon retour avait dû circuler dans les bureaux de presse : trois bouteilles de champagne et une demi-douzaine de paquets étaient empilés au pied de mon casier. Dans un réflexe animal, je tendis les deux mains vers les emballages à la recherche de boîtes griffées. Puis je me ravisai. Cadeaux. Journaliste. Déontologie. L'instinct de la nouvelle Pauline prit le pas sur mes pulsions de petit mammifère trop nourri.

Je me tournai dignement vers Dominique, l'assistante du bocal, pour lui demander des formulaires de retour à l'envoyeur.

Elle en interrompit tout net sa partie de Snood en réseau.

– Qu'est-ce qui se passe, POP ? T'as peur d'être empoisonnée ? Depuis quand y a une date de péremption sur les paquets Tiffany ? C'est pas ton genre de pas ouvrir une boîte bleu turquoise, pourtant.

Je souris, un poil amère. Voilà. On y était. La caricature de tout ce que j'avais été pendant tant d'années me revenait en plein visage. Je plissai un peu les yeux pour expliquer à Dominique qu'à partir de maintenant, j'entendais ACHETER des choses dont j'avais BESOIN, mais que je n'avais pas BESOIN d'être ACHETÉE tout court.

À portée de voix, Mathilde reposa le téléphone d'un coup sec :

– Tu délires, Pauline ? Mais ces cadeaux, c'est exceptionnel, et c'est juste parce que les gens t'aiment bien. En plus, d'où t'étais achetée, avant ? T'as déjà écrit un seul papier de complaisance ?

Je reconnus que non, mais tout de même, ces paquets de quasi-inconnus étaient totalement hors de propos et j'avais la ferme intention de les renvoyer ou d'en faire cadeau à des associations. Finie la journaliste gavée d'infos, de dossiers de presse, de menus présents. Et tout le monde ferait bien de suivre mon exemple…

– Tu voudrais qu'on envoie tous nos échantillons de nouvelles lessives ou nos fiches techniques sur le marché des anticellulites aux Restos du Cœur ? m'interrompit Mathilde. Tu déconnes, là, madame Saint-Just, rassure-moi ?

Comme une bande de suricates dans la savane, toutes les filles du bureau avaient interrompu leur travail pour tourner la tête vers nous, à moitié dressées sur leur siège, parfaitement immobiles.

Je me rapprochai de Mathilde pour que personne n'entende le reste de notre conversation.

– Hé, ho, m'agresse pas. Je suis pas comme ce pauvre broker, là, rappelle-moi son nom ?

– Marc. Mais qu'est-ce qu'il vient faire là-dedans ? chuchota-t-elle un cran au-dessus.

Ma voix monta dans les aigus.

– Eh bien, hier soir, tu lui as fait beaucoup de peine avec ta façon coupante de lui dire que tu savais pas si tu serais avec lui dans dix ans, figure-toi. Le pauvre, il avait les oreilles en berne, rouges de chagrin, tu te rends pas compte comment tu parles aux gens.

Mathilde Bourgoy prit une lente inspiration.

– OK, on sort.

Le troupeau, toujours statique, nous suivit des yeux par les vitres du bocal, espérant probablement un crêpage de chignon en règle, le dernier combat de moquette remontant déjà à avril 2004, le jour où Iris de Bouden avait accusé Mimi d'être responsable de la disparition de sa carte de photocopieuse couleur.

Nous convînmes d'un coup d'œil tacite de nous « tenir » devant les autres. Dans le couloir, le temps de marcher jusqu'à la machine à café, mon rythme cardiaque se ralentit. Pas celui de mon amie, qui me programma mon rituel court-sans sucre, mâchoires serrées.

En voyant son joli visage de profil tandis qu'elle me tendait ma tasse sans me regarder, j'eus une bouffée d'admiration affectueuse. Je l'aimais tant, ma Mathilde ! L'idée de lui faire de la peine était tout simplement insupportable ! La sentant tendue comme un arc, je rétropédalai sur-le-champ, multipliant les compliments sur son broker-chasseur. C'est vrai ça, il avait l'air tellement amoureux, enfin un gars avec du boulot et aucune femme sur zone, d'habitude c'était toujours l'inverse, il y avait peut-être là une chance à ne pas laisser filer pour Monique et elle… Mathilde sourit, amère :

– Stop. Je vais pas, moi, me MARIER avec un gars qui roule en 4 × 4 avec une casquette en tweed et des mocassins à pompons, et tu le sais. On baise bien, il est gentil, c'est parfait pour trois mois, basta. Pauline, de toi, je peux absolument tout supporter, sauf que tu me parles comme ma mère. Je t'en supplie, rappelle-toi qui tu es.

Voilà pourquoi, après avoir relu mon édito, je me demandais s'il était bienvenu de l'envoyer à la jeune femme. Voilà aussi pourquoi je conclus que ne pas le faire serait interprété comme une trahison majeure. Je copiai-collai mon texte, le surmontai de la formule « Tu es mon amie pour la vie et ne crois pas une seconde que tu as ton mot à dire là-dessus patate » et l'expédiai à l'adresse de Mathilde, imaginant les millions d'impulsions du message galopant du centre de Paris vers sa jolie petite maison rose et rouge tout à l'est de la ville. J'avais le trac.

Moins d'une minute plus tard, le couinement de canard de l'ordinateur indiquant l'arrivée d'un mail retentit. Déjà ?

Je souris en voyant l'expéditeur. Germaine – pour « rester dans le coup car, pour faire mon métier, on n'en est pas moins fréquemment en contact avec des jeunes, surtout ceux qui roulent à mobylette, hélas », m'avait-elle expliqué, fataliste mais toujours aussi enjouée – avait choisi une curieuse adresse : germecriK/@/mourirmieux.fr.

Son texte, rédigé dans un français académique, répondait au message que je lui avais envoyé dans la matinée pour lui raconter mes dernières vingt-quatre heures :

> *Ma petite Pauline, vous me voyez horrifiée de ce que vous me dites. Pour ce qui est, je reprends vos propres termes, de « trouver une idée brillante mais pas amorale pour court-circuiter la pouffe qui veut se taper mon mec »... eh bien, je ne m'avancerai pas sur ce terrain, c'est à vous d'écouter votre cœur, de comprendre, de pardonner éventuellement ? Les hommes sont si faibles, et le vôtre en est le plus parfait exemple que l'on puisse imaginer !*

Pour l'heure, à l'évidence, votre mari vous provoque ! De mon point de vue, il ne croit pas encore à la sincérité de votre quête et ses agissements sont le fruit d'une sorte de « test » qu'il vous impose. Je pense qu'il vous faudrait frapper un grand coup afin qu'il comprenne la profondeur de votre engagement envers le beau, le bien et le bon. Et qu'il vous rejoigne dans cet idéal de vie, bien évidemment. À cet égard, je me permets de vous mettre en lien l'adresse du site mon-ami-réfugié.com, une filiale du Secours catholique : je travaille régulièrement avec eux et je peux vous les recommander les yeux fermés. Ils se chargent de placer des expatriés très méritants dans des familles d'accueil françaises pendant quelques semaines. Ce qu'ils fournissent est de grande qualité (généralement, c'est du réfugié colombien). Qui sait si, de ce côté, il n'y aurait pas une belle action, pleine de sens, à entreprendre ?

Par ailleurs, je suis ravie d'apprendre que vous avez retrouvé votre verve de journaliste et je ne vous cache pas que j'ai hâte de découvrir votre édito. Ce que vous m'en avez dit promet tant !

Le quatorzième jour

> « Pour un mort, sept jours de deuil : pour le sot et l'impie, tous les jours de leur vie. »
>
> L'Ecclésiastique

Un coup de fil de Mathilde à 8 h 12 ne présageait jamais rien de bon. En voyant son nom s'afficher sur mon portable, je craignis qu'il ne fût arrivé quelque chose à la petite Monique, comme ce funeste matin où, en panne de collants roses matchant idéalement avec la jupe de la fillette, mon amie m'avait envoyé un taxi G7 pour récupérer en urgence un stock de vêtements trop petits d'Adèle.

– Pauline, dis-moi que c'est une blague ?

– Quoi ?

– Ton édito. Dis-moi tout de suite que c'est un truc que t'as piqué sur le net pour nous faire bidonner toutes les deux ? Qui a écrit ça ? Benoît XVI ?

– Mathilde, tu vas me vexer. Qu'est-ce qu'il a cet édito, il est fort, non ?

– Putain, c'est pas une blague. Pauline, il est titré : « Vers un monde sans mode ? »

– Et alors, on l'a jamais fait, cet angle, c'est moderne, tu trouves pas ?

Ma voix commençait à mollir un poil, quand même.

– Pauline tu ne PEUX pas, dans un journal qui s'appelle *Modelle*, engager les lectrices à, je te cite, « ... jeter. Jeter tout. Faire un grand brasier de nos jupes et nos sacs, nos rouges à lèvres et nos crèmes de beauté. Brûler nos bottes griffées, lacérer nos tops de marque, piétiner nos oripeaux de femmes coquettes et superficielles. Jeter le superflu, l'inutile, que dis-je, l'indigne ! Afin, enfin, d'être à l'os de ce qui est beau, grand et digne d'y consacrer son énergie. »

– Qu'est-ce qui te gêne Mathilde ? Ah, je sais : « Afin, enfin » c'est pas très heureux à l'oreille, c'est ça ?

– OK, je jette Momo à l'école et je débarque. N'envoie surtout pas ce texte à Raph et Mimi. Ne touche à rien, ne fais rien, ne réfléchis plus, j'arrive.

Je raccrochai en secouant la tête. Quelle rabat-joie, cette Mathilde. Dès qu'on essayait de sortir un tout petit peu des voies balisées, c'était l'affolement. Je me doutais bien que ma croisade au journal exigerait patience et diplomatie, mais pour la première fois, je commençais à prendre la mesure de la colossale force d'inertie que j'aurais à soulever.

En attendant, j'attaquai, comme chaque matin depuis une semaine, mon atelier de « spiritualités œcuméniques », programmé de 8 h 30 à midi. Le temps de parcourir six pages d'un ouvrage tout à fait passionnant sur le bouddhisme préfacé par Richard Gere – je lus en diagonale le texte de l'acteur, un peu faiblard sur l'épistémologie des textes fondateurs du zen sôtô, à mon sens –, ma meilleure amie était là.

L'air d'avoir enterré toute sa famille.

Comme d'habitude, elle commença à m'embrasser en lançant ses lèvres en l'air de chaque côté de ma joue, mais je lui saisis les épaules pour lui administrer, avec un véritable doublé de bises, un salut d'être humain reconnaissant un autre être humain comme son ami, son égal, son frère.

– Qu'est-ce que tu fous en jogging à 9 heures, Pauline ? T'es malade ?

– Non, j'ai décidé de plus porter que ça. C'est du polyester issu du commerce équitable, trouvé sur internet. Une façon de marquer ma solidarité de citoyenne du monde. Faut pas croire, c'est hyper confortable et ça ne se repasse pas. C'est plus gentil pour Aflição, la pauvre, elle a une petite tête épuisée ces derniers temps…

– Comme dirait ton mec, elle a surtout une tête de troll, la malheureuse, mais c'est pas en te déguisant en *desperate housewife* que ça va changer quelque chose.

– Mathilde, c'est pas gentil de dire ça, c'est vrai qu'Aflição n'a pas un physique évident mais c'est une gentille…

– Ah non, tu vas pas commencer sœur Sourire… On a du boulot, on s'y met.

Mathilde siffla en entrant dans mon bureau.

Je n'étais pas mécontente de ma nouvelle décoration : sur tous les murs, en lieu et place de mes anciennes silhouettes de people en carton, trônaient des portraits de sommités spirituelles, toutes religions confondues : affiche « N'ayez pas peur » de Jean-Paul II, photo géante d'Amma « la Mère Teresa du Kerala » étreignant un enfant, poster du dalaï-lama pété de rire, frise de citations de Confucius au pochoir et, pour l'indispensable touche laïque, portrait de Coluche.

– Ça va pas être simple, dit seulement mon amie avant de sortir sa clé USB de son sac et de la ficher dans mon ordinateur.

Je réprimai un haut-le-cœur en découvrant le texte qu'elle « avait pris la liberté d'écrire à la manière de POP », soi-disant pour m'épargner « l'éviscération en place publique – en mettant les choses au mieux – ou alors le remboursement des dizaines de millions d'euros de budget de pub perdus » que ne manquerait pas de susciter « ce prêche affligeant et moralisateur ».

Ce que j'aimais le plus chez Mathilde : sa douceur et la modération de ses propos, toujours.

Ce qui me plaisait moins : l'idée qu'elle se faisait de moi. Dans son édito « à la manière de », sous le titre : « Montée de sève », il n'était question que de « printemps qui revient, youpi les corps des hommes vont bientôt refleurir à la terrasse des cafés » et de « céleste vision d'un torse luisant de sueur entraperçu dans l'échancrure d'une chemisette Paul Smith », le tout assaisonné de jeux de mots pathétiques sur la turgescence des pistils et l'éclosion des boutons de rose.

– C'est peut-être pas ce que t'as écrit de meilleur

mais c'est pas mal, admets ? exulta-t-elle en me voyant fermer les yeux à la fin de ma lecture.

Alors, j'expliquai.

J'expliquai que, moi vivante, je veux dire la nouvelle Pauline vivante, il était hors de question : 1) que je signe un texte que je n'avais pas écrit, chose que je ne faisais déjà pas du temps où je pondais à la chaîne des inepties dans ce goût-là, 2) que plus jamais, jamais, un tel chapelet de conneries ne sortirait sous mon estampille.

Le menton de Mathilde se mit à trembloter. Pas possible, ça, de la faire pleurer. Je changeai de braquet immédiatement, ajoutant de ma voix la plus suave que je reconnaissais avoir un poil chargé la mule dans mon édito et que je la remerciais d'avoir volé à mon secours mais voilà, ce papier-là, je ne POUVAIS pas l'endosser.

Il sortirait, mais signé de son auteur, voilà tout. Je trouverais sans mal une explication plausible pour notre direction bicéphale : on n'aurait qu'à dire… voyons… que je m'étais cassé les deux poignets en glissant sur un chapelet en sortant de la douche et que, dans l'impossibilité de taper sur l'ordinateur avec le bout de mon nez, ma meilleure amie avait accepté de me remplacer au débotté. Un pieux mensonge, en la circonstance.

– Euh… Moi, signer un papier qui s'appelle « Montée de sève » ? Bon, OK, pourquoi pas, après tout.

Dans le regard mal assuré de Mathilde, je sus que j'avais marqué un point. Mon amie, prix Albert-Londres 1999, était en train d'éprouver dans sa chair le malaise de passer pour « la fille poilante qui écrit que des conneries dans le journal ». Je n'avais jamais ressenti d'humiliation à l'obligation quasi contractuelle d'être rigolote à plein temps mais, depuis mon accident, je ne voyais plus mon métier de la même façon. Je me sentis en totale empathie avec son désarroi.

Après l'avoir raccompagnée à la porte, je pris deux décisions solennelles. D'abord, je me confiai la mission sacrée de l'aider à construire, enfin, une vie sentimentale stable et équilibrée : je me promis de rentrer rapidement en contact avec son chasseur-trader fou afin de lui donner un salutaire petit coup de pouce. Seconde résolution : plus jamais, jamais, je ne montrerais un seul de mes articles à Mathilde Bourgoy avant parution.

Ma croisade, c'est seule que je la mènerais. Car je ne renonçais pas. Renoncer ? Ah, ça, jamais.

Le quinzième jour

« Dieu ne joue pas aux dés. »

Albert Einstein

– Pauline, ne reste pas debout après m'avoir servi mon café comme ça. J'ai l'impression d'avoir une arrière-grand-mère corse dans le dos, c'est très désagréable. Assieds-toi.

Je déclinai l'offre de Pierre. Depuis que je me réveillais en même temps que le reste de ma famille, je n'avais pas une seconde à moi le matin. Dressage de la table du petit déjeuner avec pomélos fraîchement pressés, confitures artisanales, cake fait maison et lait de quinoa pour Aflição qui digère mal les protéines animales – à l'instar de 80 % des jeunes filles au pair (statistiques personnelles) –, nattage des cheveux d'Adèle avec des rubans de couleur, multivérification du sac à dos de Paul, préparation d'en-cas maltés à glisser dans les poches des manteaux, ah çà, elle était bien finie, l'époque où j'ouvrais un œil bouffi à 7 h 30 pour maugréer « Bonne journée, les gens ! » avant de me rendormir aussi sec jusqu'à 9 heures passées !

Et qu'importe si ma famille n'avait pas l'air d'apprécier ces efforts à leur juste valeur.

Adèle prétendait qu'en sixième les nattes faisaient « trop pitié », Paul que je le stressais relou à vérifier huit fois son sac, Pierre qu'il allait prendre vingt kilos à coups de cuillerées de miel… Et alors ? Je ne doutais pas qu'au fond ils étaient très heureux de ce que j'avais appelé « nos matinées-convivialité » ! Comme je ne désespérais pas qu'un jour, enfin, ils me rejoignent dans mon désormais rituel « instant de partage »… Oui, bientôt, comme moi, ils ouvriraient leur cœur, face à toute la famille, en prononçant à haute voix leur « pensée positive du jour ». D'ailleurs, 7 h 45, c'était l'heure.

J'attrapai un morceau de brioche des mains de Pierre afin de le lui beurrer généreusement moi-même – tout seul, il se restreignait toujours – et pris la parole :

– Mes chéris, j'ai une belle et bonne nouvelle. Aujourd'hui, avec votre accord, mais comment imaginer qu'il en soit autrement, nous allons ouvrir nos cœurs plus grand que jamais et… accueillir de nouveaux amis.

Je fis une pause et rassurai les visages inquiets tournés vers moi d'un sourire gourmand.

– J'ai pris des contacts avec une filiale du Secours catholique recommandée par Germaine. On m'a proposé de prendre, pour une quinzaine de jours, une famille de réfugiés colombiens très méritants à la maison. Ramón, Consuelo, Josefina, dix-huit ans, et le petit Adolfo, six ans. Je dois donner ma réponse tout à l'heure. Qui est d'accord pour leur laisser sa chambre ?

Silence.

– Même pas toi, Aflição ? Pourtant je pensais que ça te ferait plaisir, c'est vrai, quoi, des quasi-compatriotes.

– Mé yé parlé pas echpaniol, Pauline, yé souis portouguech.

– Oh là là, la belle histoire, c'est dans la même zone et à la base c'est du latin tout pareil, non ? Bon, eh bien, je ne veux forcer personne. La famille Pérez Aguilar prendra donc ma chambre.

Pierre manqua de s'étouffer avec la brioche. Pas encore assez beurrée pour que ça glisse bien, pensai-je.

– Ça va pas, la tête ? Ta chambre, c'est aussi ma chambre, je te signale. C'est hors de question…

– Mais quel exemple tu donnes à tes enfants, chéri. C'est bientôt Noël, Pierre !

– On est en mars, ma pauvre Pauline.

– Peut-être, mais qu'est-ce que c'est que sept mois, à l'échelle de l'humanité ?

– C'est hors de question, chérie. Cette idée proprement grotesque m'a tout l'air échappée du cerveau malade de ta Germaine Criquet. Je te le dis tout net : si ces gens mettent un pied à la maison, moi je vais à l'hôtel.

C'était dit avec un sourire et un calme effrayants.

L'ancienne et la nouvelle Pauline eurent un bref dialogue intérieur. « Si ce con sectaire, pas généreux et potentiellement (probablement ?) adultère, croit m'impressionner avec ses rodomontades, qu'il se prenne tout de suite un abonnement à l'année au Formule 1 », dit spontanément l'ancienne, en brandissant mentalement un doigt d'honneur. « Oui mais quand même, tu as choisi cet homme entre mille ou presque, rappelle-toi la longue cohorte de ses prédécesseurs, tu dois le respecter et tenter d'apaiser les esprits », la sermonna la nouvelle, bien déterminée à rester droite et digne dans sa robe de bure conjugale.

– Bon, eh bien, vous me connaissez, je ne suis pas du genre à imposer égoïstement mon point de vue à qui que ce soit. Donc on va peut-être se laisser un jour ou deux pour en reparler. En attendant – je baissai ma voix de trois tons et murmurai lentement – ou-vrez-vos-cœurs ! – avant de resserrer les cordons de mon peignoir de bain et de sortir dignement de la cuisine.

Je n'entendis pas la réponse de Pierre à notre fils qui s'inquiétait :

– T'es sûr qu'elle se came pas, papa ?

Le seizième jour

> « Le commencement de la sagesse, c'est la crainte de l'Éternel. »
>
> Psaumes

– T'es toute pâle, ma petite Pauline. Prends donc un caramel au beurre salé…

– Merci, Germaine, mais je suis barbouillée. Je n'aurais pas dû donner mes plaquettes ce matin dans deux centres de la Croix-Rouge en trichant sur mon identité, ils ont dû me pomper pas loin d'un jéroboam de sang, à mon avis.

Haussant les épaules dans son gilet en soie imprimé de calèches, l'aide aux mourants marmonna : « Petite nature » avant de s'enfiler le dernier caramel. Je la regardai, épatée. Depuis seize jours que je la connaissais, je ne me souvenais pas de l'avoir vue autrement que la bouche pleine de sucre et pourtant, patoches grassouillettes exceptées, elle était épaisse comme une couverture de l'Assistance publique. Sans doute métabolisait-elle très vite, comme Cameron Diaz, pensai-je machinalement avant de repousser, horrifiée, cette référence au ras des pâquerettes. Ô Seigneur, arriverais-je jamais à m'élever pour de bon ?

Heureusement, Germaine savait toujours trouver les mots :

– Bon, nous en sommes à J moins 24… Dans six jours, ce sera – peut-être – la mi-temps de ce qui te reste de vie terrestre ! lança-t-elle gaiement. Tu es contente, ça avance bien, ton petit rétroplanning ?

– Super. Si tout se passe comme je le pense, dans deux ou trois jours maximum, c'est la quille définitive, répondis-je, lugubre.

– Ah oui, si vite que ça ? Qu'est-ce qui s'est passé ? Tu as réussi à convertir tes rédactrices en chef aux robes de moniales ? *Modelle* s'apprête à lancer une fatwa sur Paris Hilton ? On verra bientôt des femmes de mon âge en couverture ?

– Non. D'abord, des robes de moniales, y en a plein qui en portent, vu que Dries en fait. Ensuite, des femmes de votre âge, y en a déjà en couverture de *Modelle*. Catherine Deneuve a trois ans de plus que vous, si vous allez par là…

– Ah bon ? Ben ça alors. Comment fait-elle ? Elle doit pas mettre la même crème de nuit que moi…, s'étonna la duègne.

– Ce doit être ça. Ce que je veux dire, Germaine, c'est que je prévois d'être bientôt rappelée définitivement là-haut, mais pas du bon côté du guichet. Je… je suis un petit peu découragée, là. Je ne lâche pas l'affaire, mais c'est le temps qui me reste qui m'inquiète. Tout est plus long que prévu. Vous pourriez pas trouver un moyen de m'avoir une petite rallonge ? Disons deux, trois mois ?

L'aide aux mourants se renversa en arrière sur le canapé pour rire à son aise. Un geste que j'avais souvent vu chez Raph et Mimi lorsque quelqu'un implorait un délai pour finir un papier. Germaine fit preuve de la même mansuétude que ma direction bicéphale dans ses négociations de remises de peine. Et du même vocabulaire décontracté, inhabituel chez elle.

– Même pas en rêve. Mais tu crois quoi, ma toute belle ? Il y a une machine derrière nous, un processus en marche. Tu as pris des engagements, je te rappelle ! On peut plus reculer, là ! Je tiens déjà tes Colombiens au chaud depuis deux jours, mon-ami-réfugié.com ne m'ayant pas laissé le choix, faudrait voir à mettre le turbo. Tu sais quoi, Pauline ? Je pense que tu te laisses déborder, tu es sur trop de fronts en même temps. Tiens, je t'autorise à refaire une de tes listes idiotes parce que là, ça part dans tous les sens.

– C'est vrai ? Oh, merci Germaine.

Je me jetai sur un Post-it grand format vert comme l'espoir et attaquai d'une plume alerte.

Récap quête de sens POP 19 février – 30 mars 2006

• Réorganisation espace vital maison : fait.

• Triage-jetage du superflu : fait.

• Changement garde-robe : fait.

• Inscription Paul à un stage de préparation charismatique aux prochaines JMJ et Adèle aux jeannettes mercredi + week-end afin de mettre une certaine distance entre elle et la chaîne Filles TV : fait, mais non encore annoncé aux intéressés.

• Rapprochement avec associations humanitaires belles et bonnes : jalons plantés (engagement fabrication 26 litres soupe hebdomadaires pour Charité compassionnelle, don du sang, RV prochain avec groupe de parole pour femmes battues ?).

• Rapprochement avec associations écologistes d'envergure et/ou altermondialistes de légende : non finalisé à ce jour, mais un certain nombre de gestes citoyens déjà mis en œuvre à titre individuel.

• Rapprochement avec responsables d'Églises d'obédiences diverses afin de m'enrichir spirituellement : non finalisé.

• Acte fort afin de matérialiser mon renoncement définitif à la coquetterie ou « *female detox* » : non finalisé.

• Sauvetage moral meilleure amie : non finalisé.

• Repositionnement chez *Modelle* : non finalisé.

• Organisation installation Colombiens maison afin de marquer engagement familial fort : non finalisé.

• Ralliement de mari à la cause : non finalisé.

– Ben voilà, Germaine, je crois que tout y est ! Je crois aussi que je vais aller avaler une bouteille de Destop, là : à J + 15 j'ai fait que trois trucs sur…

– Eh oui, j'ai l'impression qu'il y a quelque chose d'amusant… Ça fait douze ! Comme…

– Les travaux d'Hercule, dis-je d'une voix sinistre.

– Mais non, les apôtres, patate ! Ça me donne une idée : tu devrais demander à chacun d'eux de t'aider pour l'une de ces missions. Comme ça, à titre amical.

Ça se fait beaucoup, et ça marche très bien, tu sais. Tu leur précises au départ dans ta petite prière que ta démarche est œcuménique, donc qu'ils ne s'attendent pas non plus à ce que tu leur bâtisses des cathédrales ou que tu leur fasses livrer des camions-remorque de cierges et zou.

– C'est peut-être une bonne idée. Pour annoncer à Paul qu'il est inscrit aux JMJ, je demanderai à saint Paul, pour me rabibocher avec Pierre, eh bien à saint Pierre naturellement et…

– Pour LUI ? Mise plutôt sur Judas, persifla-t-elle.

– C'est pas charitable, ça, Germaine.

– Mouich. Bon, t'en es où, sur le dossier Mathilde Bourgoy ? (Elle fronça le nez de dégoût.) Parce que je ne te cache pas que si cette… créature trouvait une stabilité grâce à toi, ça pourrait favorablement impressionner, là-haut…

– Je dois prendre un pot avec son jules demain. Je vais donner tout ce que j'ai, Germaine, promis. Quoi qu'il arrive, j'aurai rayé un truc de ma liste demain soir.

Le dix-septième jour

« Ne demeure pas dans le passé, ne rêve pas du futur, concentre ton esprit sur le moment présent. »

Bouddha

Marc m'avait donné rendez-vous dans un restaurant place de la Bourse, à deux pas de son bureau.

J'arrivai en avance, comme toujours depuis l'accident.

Une créature satanique – menue comme une enfant mais avec des seins gigantesques et des jambes qui m'arrivaient à mi-oreilles – me planta dans un fauteuil de cuir face à un ruban de diodes clignotantes. Le Cac 40. Le Dow Jones. Le Nasdaq. L'indice Nikkei. L'économie du monde occidental défilait sur tous les murs de la pièce, implacable, arrogante, hypnotisante. Je notais rapidement sur mon petit carnet « Trouver une idée pour dénoncer cette organisation diabolique qui se rit du malheur de l'enfant africain » lorsqu'un gloussement retentit dans mon dos.

– + 0,67 %, super journée, Pauline, non ? J'en connais un qui va pouvoir aller taquiner la grouse en Écosse avec ses petits bonus !

Le costume cravate avantageait Marc Grand-Romieu. Autant le Barbour vert vif faisait ressortir ses oreilles rouges, lui donnant l'allure d'un sapin de Noël à feux fixes, autant, en Cifonelli sur mesure, il avait fière allure. Et puis, quelque chose me disait que ce garçon avait du tact : lorsque je l'avais appelé pour demander à le voir sans que Mathilde soit au courant, il n'avait pas moufté ni poussé des comment et des pourquoi ni rien. Impassible, il avait juste dit : « *I see*. La Bourse ferme à 17 h 30. Demain, 17 h 36 chez… Bon, ça te va ? »

J'avais longuement réfléchi à mon angle d'attaque. Impossible de partir bille en tête comme je l'aurais fait en temps normal : la nouvelle Pauline était bien trop respectueuse de l'Humain pour vendre sa meilleure amie comme une paire de tongs.

Je démarrai par une série de questions sensibles et pleines de tact sur mon vis-à-vis. Qui es-tu, Marc le trader-chasseur mon proche, mon semblable, mon frère ? Quelles sont tes joies, tes peines et tes doutes, tes colères et tes folies ? Qu'est-ce qui te fait rêver, t'envoler, vibrer ? Ah. *Out of the blue*, comme ça, tu voyais pas trop quoi dire ? Alors, parle-moi de tes centres d'intérêt ou, plus simplement, tes… loisirs ?

Bon. Marc Grand-Romieu aimait la Bourse depuis tout petit. La chasse, évidemment. Le golf aussi, dans une moindre mesure. Les États-Unis l'électrisaient, « surtout New York ». Le grand air en général le « ressourçait ». Les dîners avec ses copains l'« aidaient à déstresser ». Les bagnoles, c'était son truc, même si ça faisait « un peu con de dire ça ». Il pensait que les 35 heures, c'était n'importe quoi mais en même temps, il était pour le progrès social, bien entendu. Les femmes ? Un mal qui fait du bien, *a fucking sweet disease*, sourit finement ce grand brûlé de l'amour (un divorce par consentement mutuel en 2003).

Je ne m'autorisai même pas à penser que si Marc Grand-Romieu pensait, parlait et vivait ainsi à quarante-trois ans, non seulement il ne lui resterait que les croisières « rire et tango sur la côte amalfitaine » à découvrir à l'âge de la retraite, mais son cerveau risquait d'être cliniquement mort de vieillesse dans moins de cinq ans. Non.

Je tentai plutôt de trouver une écharde, une bribe de chair, une étincelle d'originalité sous cette surface si lisse. La musique, peut-être ? Bingo.

– *You see*, je n'en parle pas souvent parce que les gens ont des a-priori, mais je suis fan de metal. Metal fusion plus exactement. J'ai commencé par le hard rock, *as everyone*, ça me déchirait bien la tête, maintenant je me contente de suivre des groupes que j'adore. C'est pas du tout ce qu'on croit, y a une vraie philosophie nihiliste mais complexe derrière le rock moderne. Tu connais Anarchaos ? Non ? Highscream alors ? Jean Paul Trash non plus ? Dommage. Je taquine aussi un peu la gratte, tu sais ce qu'on dit : *the guitar don't lie*, ajouta-t-il tandis que ses oreilles fonçaient légèrement d'émotion.

Je joignis les mains devant ma bouche, émerveillée.

Je le savais. Chaque être humain a en lui sa folie, son petit pète au casque, sa tête d'épingle qui lui ouvre et lui indique le chemin. Le metal fusion faisait de Marc Grand-Romieu un être presque aussi déjanté que ma meilleure amie. Je pouvais y aller sans crainte.

– Marc, tu ressens quoi pour Mathilde ? Dis-moi la vérité, je te jure que rien ne sortira d'ici. T'es amoureux d'elle ?

J'avais attrapé les mains du broker-rocker. Qui ne me demanda pas : « Non mais de quoi je me mêle, t'es sa mère ? » mais me regarda longuement avant de répondre d'une voix hésitante :

– Elle me terrorise un peu par son franc-parler mais je suis amoureux d'elle et je me sens très gêné, *very embarrassed*, de te voir, toi, sa copine, faire ça, enfin… *trying to seduce me*. Est-ce que tu peux lâcher mes mains s'il te plaît ?

Je mis dix bonnes secondes à comprendre.

– Mais Marc, pauvre pomme ? ! T'es dingue, je suis juste dans le contact humain, dans le partage… *Sharing*, comme on dit dans les groupes de parole. Tu crois quand même pas que… mais pour qui tu me prends ?

– Ben je sais pas, ton attitude est quand même *weird*, non ?

Il était aussi soulagé que moi. C'était le râteau le plus enthousiasmant de toute ma vie.

– Marc. Marc. Marc. T'es un type bien, tu sais ça ? Toi, tu sauras la rendre heureuse, ma Mathilde ! Ne te fie pas à ses airs délurés ou à son passé sulfureux. Elle a changé, vraiment, y a qu'à voir comment elle s'habille depuis qu'elle te connaît.

– Pardon ? Mais *what are you talking about* ? Le fait qu'elle ait plaqué ce vieux qui la maltraitait, profitant de son innocence de quasi-vierge sortant tout juste de Sainte-Marie lorsqu'il lui a mis le grappin dessus, tu qualifies ça de « sulfureux » ? Eh ben, pour la reine de la tolérance, tu te poses là.

Ah. J'aurais aimé être une mouche le jour où Math avait parlé de son passé à Marc. Je frémis intérieurement à l'idée d'une longue histoire commune qui commençait par de tels bobards. Une bien belle formule, quasi biblique, en tout cas qui méritait de l'être, me traversa l'esprit : « Et sur le sable du mensonge je bâtirai… rien du tout. » Je n'hésitai pas longtemps : il fallait sauver ma meilleure amie d'elle-même, de ses démons mythomanes à tout le moins.

– Marc, je pense que c'est important que tu saches deux ou trois trucs sur Mathilde. Jean, le père de Monique, a trois ans de plus qu'elle et ils se sont rencontrés… il y a dix ans, aux Alcooliques Anonymes. C'est lui qui est parti, parce que après quatre ans de sobriété, n'y tenant plus, elle a eu l'idée de remplacer la vodka par… une consommation effrénée de jeunes et musculeux barmans. J'imagine que si elle ne te l'a pas dit, c'est qu'elle pensait, sûrement à tort, que tu aurais du mal à l'entendre mais… Hou hou, Marc ?

Le rocker-broker avait caché ses oreilles avec ses mains, comme s'il ne voulait pas en entendre davantage. Je les retirai gentiment.

– J'ai pas fini. Toi qui as dû te droguer également…

– Mais pas du tout !

– Enfin merde Marc, me dis pas que t'étais le seul

hard-rocker clean des années 80 ? Si ? La vache. J'ai du bol, moi. En tout cas, tout ça, aujourd'hui, c'est fi-ni, je te jure. Depuis que Monique est là, Math est une autre personne. Les cuites, les délires de cul, les petits jeunes, les partouzes, elle a tout arrêté, tout. Elle n'attendait que toi ! conclus-je avec enthousiasme.

Le visage de Marc Grand-Romieu avait pris la couleur des biscuits apéritif au fromage, beige avec comme des marbrures blanches.

– Pourquoi tu me dis tout ça, Pauline ?

– Parce que je pense que tu n'es pas entré dans sa vie par hasard. Parce que je crois que tu es l'élu, même si elle ne s'en rend pas encore compte. Parce que je SAIS que tu dois épouser Mathilde et je peux même te dire comment faire. Tu aimes les enfants, Marc ? Alors, laisse-moi guider le doigt du destin.

Le dix-huitième jour

> « Pour voir le futur il faut regarder derrière soi. »
>
> Isaïe

Comme toujours lorsque le pédicure setchouanais de notre direction bicéphale appelée en urgence à New York ou Gstaad venait bouleverser son planning, la conférence du vendredi avait lieu un mercredi.

Iris de Bouden me passa le bâton de parole d'un geste résigné. Son sujet : « Le harcèlement moral est-il pire dans les entreprises dirigées par des femmes ? » venait d'être refusé par Raph et Mimi d'un sourire polaire.

Pétrissant la verge de silicone, le cœur battant, je pris la parole :

– J'ai pas grand-chose à proposer, niveau papier d'humeur, mais j'ai bien envie de partir en reportage. Que diriez-vous d'une sorte de plongée en apnée dans l'univers des préparatifs aux prochaines JMJ, qui auront bientôt lieu à Sydney ? C'est vrai ça, on n'en parle jamais dans le journal, et pourtant ça concerne toute une frange de notre lectorat jeune…

Le regard que Raph me décocha, empli d'une tristesse songeuse, me glaça les sangs.

– Nos consœurs de *Pèlerin Madame* publient chaque semaine le rétroplanning des JMJ qui auront lieu dans DEUX ans, en 2008, au cas où tu l'ignorerais, Pauline. En revanche, puisque tu as envie de bouger, on a peut-être un joli cadeau à te faire, avec Mimi. De quoi te changer les idées, en tout cas. Orlando Bloom sort enfin son film sur les strip-teaseurs masculins. Il va donner une interview exclusive – une seule, POP ! – pour la France, et en homme de goût, devine quel magazine il a choisi ? Ça te dirait de partir jeudi prochain pour Los Angeles ?

Au nom d'Orlando Bloom, deux stagiaires s'étaient évanouies. Le reste de l'assistance se partageait entre celles qui fermaient les yeux en dodelinant doucement de la tête et celles qui gémissaient comme des chiots d'animalerie encagés depuis des semaines.

Je sentis instantanément le piège. Orlando Bloom. Un ange en tiags. Une heure de tête-à-tête dans la cité de tous les fantasmes, ivre de jet-lag, avec cette boule de testostérone racée. Ma direction bicéphale avait décidé de me faire renouer avec mes vieux démons de strass et de paillettes coûte que coûte. Et le pire, c'est que ça témoignait d'une vraie gentillesse. Résister, il fallait résister.

– Orlando Bloom ? Il est beau, mais il n'a pas grand-chose à dire, non ? Ça va encore donner un papier où je serai obligée de faire ma maligne sur quatre pages, parce que sur le magnéto j'aurai que « Steven Spielberg est un génie » et « J'adore la France ». Qu'en tirera la lectrice de grand et d'utile, hein ?

Mes collègues étaient statufiées. Mimi cilla lentement avant d'articuler d'une voix blanche :

– Tu refuses donc d'aller interviewer Orlando Bloom ? Décidément, ma POP, tu deviens une véritable amish, on ne te reconnaît plus. Comme il semble loin, le temps où tu avais mordu la joue de Tilla Weber jusqu'au sang pour faire Clooney à sa place. Bon, qui est volontaire pour L.A., alors ?

Une forêt d'index se leva dans un brouhaha enthousiaste, certaines journalistes tendant leurs deux mains vers le plafond, d'autres claquant le majeur contre le pouce pour attirer l'attention de la direction bicéphale. Sonia Bellalal, très en cour depuis son papier fracassant sur la sexualité de l'homme le plus riche du monde, « *In bed with Bill Gates* », emporta le morceau et m'envoya un baiser du bout des doigts, éperdue.

Je levai la main en signe de bénédiction et repris la parole :

– Bon. J'ai bien compris que pour tout ce qui était catholicisme, c'était « *no pasarán* ». Donc je n'insisterai pas en vous rappelant que 72 % des Français sont baptisés et que les JMJ rassemblent des millions de gens, croyants ou pas. Pas grave. J'aurais une autre idée à vous proposer : une interview de José Bové.

– José Bové ? LE José Bové ? Celui du Larzac et des OGM ? Avec la moustache et les fromages de chèvre ? T'as rien de moins glamour parce que là, j'ai peur que la lectrice, terrassée par un triple orgasme en lisant son nom sur la couve, n'ait même pas la force d'acheter le journal…

– Mimi, tu persifles, mais c'est passionnant, cet engagement écologiste et citoyen, non ? On est toutes contre la mondialisation, au journal, n'est-ce pas ? Mais on fait jamais rien sous couleur que les alter ne sont pas glam, c'est quand même dommage.

Je la provoquais à dessein. La chef blonde avança son buste vers moi, plaquant son sautoir à têtes de mort en nacre contre son débardeur ardoise décolleté jusqu'à mi-dos.

– C'est pas pour ça qu'on fait rien, POP. On fait rien parce que tous les news remplissent leurs sommaires avec des sujets anti-G8, anti-OGM, anti-réchauffement de la planète, anti-tout et que les gens n'achètent pas *Modelle* pour lire des papiers rabat-oije. Notre vocation, c'est de donner de l'appétit aux gens plutôt que leur assener des cours de morale. Cela dit, si tu te sens capable de donner faim à la lectrice avec une double sur Bové, OK, mais alors à la POP, en décalant à mort. Il faut absolument que tu trouves un angle fort et inédit. Tu promets ?

Je promis.

Après la conférence de rédaction, je proposai à Sabine Munoz et Tilla Weber de les emmener en voiture chez Mathilde, où avait lieu, comme chaque premier mercredi du trimestre, sa désormais célèbre Coca light & Botox Lunch Party.

Une demi-douzaine de femmes étaient déjà là, broutant quelques feuilles de roquette devant un DVD de *Sex & the City*. Une caricature ? Oui, mais « au moins, nous, on fait pas ça en cachette », comme le claironnait Math en présentant le groupe à l'« officiant du jour », un dermato au visage lisse comme une fesse de bébé. Éblouie, Tilla lui demanda s'il se piquait lui-même ; le docteur Serve répondit, un peu gêné, qu'il n'avait que trente et un ans.

– Moi aussi, et pourtant j'ai déjà l'air d'être la mère de Jeanne Moreau, s'étonna une attachée de presse qui, de fait, faisait au moins trente-trois ans.

– On va arranger ça, sourit le bon médecin en ouvrant sa mallette.

Tandis que les futures piquées se mettaient docilement en ligne, je prétextai un mal de tête pour demander à Math de me dépanner d'un peu d'Advil. Je refusai sa proposition d'aller me chercher elle-même les comprimés et grimpai à l'étage.

La salle de bains de Mathilde tenait du laboratoire plus que du boudoir. Rien ne traînait. Seuls deux canards de bain jaunes posés sur le rebord de la baignoire, un grand muni d'une pile, l'autre minuscule et sans mode vibreur, trahissaient le présence d'une mère et de sa fille en ces lieux. Crèmes, brosses, pinceaux et produits de maquillage étaient rangés dans des tiroirs coulissants classés jusqu'au plafond par ordre alphabétique, comme dans une officine. J'ouvris la lettre P : six flacons de parfum et deux boîtes de poudre apparurent, mais pas le moindre médicament. Je balayai la pièce du regard, cherchant une armoire marquée d'une croix, un de ces accessoires pour film noir où le héros finit généralement par découvrir un flacon marron barré d'une tête de mort. Rien. Voyons, Pauline, où les rangerais-tu à sa place ? *Hum hum*. Avec une fillette de six ans à la maison, ruser sur la localisation du produit potentiellement toxique est une obligation vitale. Je gagnai la chambre de Math et tentai d'ouvrir sa table de chevet. Un petit cadenas doré en bloquait l'accès. Il y avait quatre chiffres à trouver. Je composai 25-07, jour et mois de naissance de ma meilleure amie. Rien. J'essayai ensuite l'année : 1967. Toujours rien. Même fiasco avec la date anniversaire de la petite Monique. Je réfléchis à m'en faire fondre les cellules du cerveau. Bien sûr. Au code 1974, année de naissance « officielle » de Mathilde Bourgoy, le cadenas s'ouvrit avec un petit déclic.

Elles étaient là. En entendant la voix de mon amie me crier du rez-de-chaussée : « Qu'est-ce que tu fais, POP ? Tu veux que je monte t'aider ? C'est bientôt à toi », mes mains se mirent à trembler. Non, pour elle, il fallait être forte. Repenser à la si belle parole de Jésus : « Laissez venir à moi les petits enfants » me donna le courage nécessaire.

– J'arrive, tout va bien, j'ai trouvé, pas la peine de monter.

Je sortis une épingle de nourrice de ma poche et je perçai toutes les pochettes carrées de deux trous minuscules, indécelables.

Puis je remplaçai la plaquette de Mathilde par celle que j'avais confectionnée chez moi, prenant soin de retirer exactement le même nombre de jours, reproduisant des bosses identiques sur le blister.

Je redescendis enfin, ma bonne action – car c'en était une, à n'en pas douter – accomplie, et lançai à la cantonade :

– Vous savez quoi ? Je vais passer mon tour. J'ai eu une apparition dans la salle de bains de Math. Je crois que je vais me laisser pousser les rides. J'appellerai ça ma Détox Botox.

Une dizaine de visages figés – d'étonnement pour le coup – se tournèrent vers moi.

Le dix-neuvième jour

> « Pour tous ceux qui vivent, il y a de l'espérance : un chien vivant vaut mieux qu'un lion mort. »
>
> L'Ecclésiaste

Adèle poussa un cri de joie.

J'avais essayé de lui annoncer, avec les ménagements qui s'imposaient – ce n'est ni dangereux ni douloureux, juste un peu pénible à regarder –, que bientôt sa maman aurait sur le visage des sortes de lignes en creux, qu'il est convenu d'appeler « rides ».

– Oh, c'est super, vraiment trop, trop bien, Mamounette.

– Chérie, comment peux-tu dire ça ? Tu n'en as jamais vu, tu ne sais pas ce que c'est, c'est pas joli-joli mon cœur, faut que tu te prépares psychologiquement.

– Mais si, les mères de mes copines en ont presque toutes ! J'adore ! Ça fait vraie maman, pas baby-sitter.

Le bonheur de ma fille, à l'idée que sa mère soit bientôt défigurée d'un quadrillage de stigmates digne d'une vieille entrecôte au barbecue, me laissa songeuse. Se pourrait-il que les enfants soient mauvais ? Non, je chassai cette idée. Les enfants n'étaient pas mauvais. Juste un peu cruels… et pas toujours bien finauds.

Je souris à mon fils.

– Et toi, mon Paul, qu'en penses-tu, de ma Détox Botox ? Tu as bien saisi le sens de ma démarche ? C'est un signe de renoncement à la superficialité.

La chair de ma chair tourna vers moi son beau regard vide de ruminant à l'étable.

– Tu ne fais pas encore de philo, en troisième, n'est-ce pas ? Tu comprendras plus tard. Enfin, je vais accepter mon âge, être fière de ma maturité, n'être plus qu'une maman, que dis-je, être une maman tout court, tout en don de soi et en abnégation, une maman qui ne pense qu'à l'épanouissement des siens, une maman qui sait s'oublier quand il le faut, et il le faudra souvent, je m'en doute. Une vraie maman, quoi.

J'eus envie de pleurer.

Mon fils haussa les épaules.

– Arrête de dire « môman » tout le temps, ça fait Céline Dion.

J'encaissai en serrant les dents et m'enquis des derniers résultats scolaires de mon aîné avec toute la douceur dont j'étais capable. Une petite musique électronique s'éleva de l'entrée, créant une diversion qui eut l'air de soulager Paul. Il se précipita.

– C'est le portable de papa. Il a dû l'oublier ce matin. Il a reçu un SMS.

– Passe-le-moi, chéri. Ça doit être pour nous, il doit

nous dire qu'il rentrera tard, déjà 8 heures et il n'est pas là, c'est pas normal.

J'ouvris le message et le lus.

J'avalai péniblement ma salive.

Je demandai un verre de vin blanc à Adèle qui, inquiète, s'enquit de ce que le texto disait. Pas une mauvaise nouvelle au moins ? C'est vrai, ça, avec un papa en scooter, elle n'était jamais tranquille.

– C'est pas un accident, hélas. Je veux dire heureusement, bien entendu. Mais on va devoir dîner sans l'attendre, il est coincé au bureau.

Je mâchonnai deux bouchées du plat que j'avais mis trois quarts d'heure à préparer (pousses d'épinard pour la vitamine A, pamplemousse pour la C, saumon pour les oméga 3, coriandre pour la touche exotique indispensable à un éveil correct des palais adolescents) sans dire un mot. La salade de la mer, ça s'appelait.

Ou : salade de la mère. Ou plutôt : salade de l'amère ?

Ainsi, une certaine « Marido » venait d'indiquer à mon mari qu'elle habitait 22, avenue Jean-Jaurès, précisant que « 43 A 64 » était le code de sa porte, « rez-de-chaussée face » la localisation de son appartement, et qu'en l'attendant elle lui faisait un « gros kiss » ? Au fil des secondes, la colère, mon affreuse vieille copine, enfla dans ma poitrine jusqu'à prendre toute la place, ratatinant mon cœur à la taille d'un raisin de Corinthe.

Marido, un prénom de PUTE pareil ne pouvait appartenir qu'à la pétasse vésigondine rencontrée chez Marc. En temps normal, j'aurais été porter l'intégralité des affaires de mon mari devant la porte cochère de la grognasse, que dis-je, devant son appartement vu que j'avais le code et tout, ha ha ha. Rire lugubre. Mais la nouvelle Pauline ne pouvait pas agir de façon aussi impulsive : en lettres d'or sur mon cahier des charges, il y avait cette formule « pardon des offenses » qui étouffait toute réaction rationnelle dans l'œuf. Je tentai de dédramatiser la situation. C'était peut-être juste un rendez-vous pour sa scoliose ? Non, pas avec un « gros kiss » en fin de message. Maintenant, la colère avait encore gagné du chemin, remontant le long de ma gorge pour atteindre mes amygdales. Je savais que, dans moins de deux secondes, j'allais parler, et pas pour dire des choses qui font plaisir. Je tentai d'en appeler à Karl Lagerfeld, qu'il me donne la force de me taire encore, jusqu'au retour de Pierre, au moins ? Rien ne se passa. Il n'y avait personne, personne. Les enfants allaient trinquer.

– Les mômes, j'ai oublié de vous dire : j'en ai ras le bol d'élever des petits animaux qui n'ont que Filles TV ou leur Playstation portable comme centres d'intérêt. J'ai donc décidé de vous inscrire à des activités susceptibles d'enrichir un peu votre spiritualité. Adèle, tu commences les jeannettes samedi prochain. Ne ricane pas, Paul. Toi, tu attaques ta préparation aux JMJ dans un groupe de renouveau charismatique dès demain soir. Maintenant, vous filez dans vos chambres, maman a mal à la tête.

Suffoqués, K.-O. debout, ils obtempérèrent sans un mot, Adèle étouffant ses larmes, Paul serrant les poings de rage.

Je repris un verre de vin blanc.

Je me sentais mieux mais la colère était toujours là.

Telle une flèche d'Indien, une idée géniale vint se planter dans mon cerveau. Je pris le portable de Pierre – exprès, ce serait toujours ça de pris pour son forfait – et composai le numéro de Germaine.

– Germaine ? C'est Pauline. Pour les Colombiens très méritants, c'est bon, ils peuvent arriver demain. Matin ? Matin, c'est parfait. Oui oui, ferme et définitif.

Dix minutes plus tard, le scooter de Pierre ronronnait dans la cour. Il me trouva allongée dans ma baignoire, raide comme la justice, digne dans ma douleur.

– Pauline, qu'est-ce qui se passe ? Pourquoi les enfants sont en larmes dans leur chambre ? Et toi, t'es pas prête ? T'as oublié qu'on dînait chez ma cousine, Marie Dolivo, ce soir ? Elle devait me laisser les coordonnées par SMS. J'ai oublié mon portable, tu l'as pas trouvé ?

Pour toute réponse, je plongeai la tête sous l'eau.

À l'évidence, demain ne serait pas une journée facile.

Mais entre « l'annonce faite aux enfants », le début de ma Détox Botox et l'arrivée imminente des Colombiens, j'avais coché trois lignes sur ma liste.

Le vingtième jour

> « Celui qui est lent à la colère vaut mieux qu'un héros. »
>
> Livre des Proverbes

Je maudis mes a-priori d'Occidentale à la tête farcie d'images de JT réductrices et trompeuses. Tout réfugiés politiques d'Amérique du Sud qu'ils fussent, les Pérez Aguilar n'étaient ni noirs de poil, ni sosies de Che Guevara, ni moustachus, ni surtout coiffés de chapeaux de mariachis. Ramón, le père, était tout jeune – je lui donnai à peu près mon âge –, grand, taciturne, les cheveux poivre et sel. Sa femme, Consuelo, en tailleur beige super bien coupé (Zara ? La marque espagnole avait probablement des points de vente en Colombie), planta son regard bleu dans le mien avant de me tendre une main ferme. Des mèches blondes lui mangeant les yeux, Josefina, leur fille de dix-huit ans, avait le joli visage un peu pointu de la plupart des jeunes Parisiennes d'aujourd'hui : seule touche d'exotisme, l'imposant étui de forme bizarre – une flûte de

Pan XXL ? – qu'elle portait dans le dos. Quant au petit Adolfo, loin d'afficher les stigmates de l'enfant qui en a « beaucoup trop vu, beaucoup trop tôt », il se faufila entre mes jambes pour explorer l'appartement.

Germaine était radieuse.

– Comme je suis contente de les savoir chez toi, ma petite Pauline. À la maison, ça devenait difficile, tu verras, le garçon est très… comment dire ?… tonique.

Je ne m'inquiétai pas outre mesure : l'aide aux mourants détestait les enfants. Une fourchette tombée deux fois de suite à terre lui avait probablement suffi à cataloguer le petit Adolfo dans la classe des nuisibles.

J'ânonnai la formule de bienvenue trouvée sur le net :

– *Bienvenidos amigos, lo siento que no hablo español pero considera nuestra casa como su casa.* (Bienvenue les amis, désolée de ne pas parler espagnol, considérez notre maison comme la vôtre.)

Ramón me serra longuement les mains, tandis que sa femme, les yeux humides, jetait un coup d'œil circulaire à notre appartement. Éblouie, sans aucun doute, la malheureuse, pensai-je, le cœur serré par l'immense dignité de cette famille en détresse. Le tube de Michel Berger : *Je veux chanter pour ceux qui sont loin de chez eux* me vint à l'esprit, et je remerciai le destin qui me permettait d'aider, dans la modeste mesure de mes moyens, ces gens formidables. Et si ma vie était en train de prendre un véritable sens, après ces semaines de chaos ?

– *Where is our bathroom ?* s'enquit Consuelo d'une voix forte.

Ah oui, bien sûr. Leur montrer leur nouvelle installation. Pendant qu'Aflição, toute raide de réprobation muette – égoïste jeunesse ! –, aidait Ramón à rentrer leurs valises – tiens, il y en avait six, et de belle taille encore : je me réjouis sincèrement que les Pérez Aguilar aient eu le temps de rassembler un nombre significatif d'affaires avant de fuir la Colombie –, je conduisis les enfants de Consuelo dans mon bureau. C'est là qu'ils dormiraient tandis que leurs parents s'installeraient dans le salon, la mise à disposition de mon espace de travail étant un bien maigre sacrifice en comparaison de ce que ces petits avaient dû traverser. De façon à ménager le sensibilité de Pierre, j'avais décidé de conserver notre chambre à coucher en zone franche. Adolfo poussa un hurlement guttural en apercevant la photo de Desmond Tutu et se mit à sauter dans la pièce en poussant des cris de gorille. Sa grande sœur murmura une phrase dans laquelle je crus reconnaître le mot « *hiperactivo* » : pauvre gamin déboussolé, il y avait de quoi, mais je comptais puiser dans mes réserves de tendresse pour le « reprogrammer » en douceur.

Après le déjeuner, dévoré de bel appétit par la famille Pérez Aguilar – je n'avais jamais vu personne aimer autant le filet de bœuf ! Mon rôti de trois kilos s'était littéralement envolé et j'eus un pincement au cœur en imaginant leurs probables années de privations –, je décidai de filer au BHV pour faire quelques emplettes d'appoint, aidée de Germaine. Consuelo avait raison : les matelas de mousse et housses à habit pliantes remontés de la cave étaient un peu « *justos* » (elle prononçait « roustos » mais j'avais bien saisi le sens de l'adjectif), autant équiper correctement nos protégés dès le départ. Pas un instant je ne m'étais formalisée de l'attitude un poil dirigiste de la réfugiée : lorsqu'on a charge de famille en exil, mieux vaut avoir une colonne vertébrale forte, la belle vitalité de Consuelo était tout à son honneur.

Dans la voiture, au retour, je demandai à Germaine si elle avait des détails sur les pénibles circonstances qui avaient contraint les Pérez Aguilar à fuir la Colombie.

– Je ne parle ni anglais ni espagnol, ma petite Pauline, tu le sais. Et d'une façon générale, je pense qu'il ne faut pas poser trop de questions à des réfugiés : s'ils veulent évoquer leur histoire, soit, mais ça n'est pas à nous de jouer les inquisiteurs. J'ai toute confiance en les responsables de mon-ami-réfugié.com, des anciens du Secours catholique, le caviar du bénévolat associatif. (Elle eut un sourire gourmand avant de soupirer, désabusée :) J'imagine que, comme tant d'autres Colombiens, les Pérez Aguilar ont été chassés par les FARC, tu sais, ces paysans armés qui veulent prendre le pouvoir depuis vingt ans. Prises d'otages, exécutions sommaires : des gens prêts à tout.

J'en frémis d'horreur.

En rentrant à la maison, une batterie de surprises m'attendait : Ramón et sa femme avaient déplacé tous les meubles du salon, de façon à dormir la tête du côté de leur pays natal, m'expliquèrent-ils en anglais, ce qui m'émut aux larmes. Je jugeai nettement moins touchante la réflexion de Consuelo concernant ma série de photos de Samuel Beckett en noir et blanc, désormais masquées de foulards bariolés : « C'est trop horrible, ça faisait peur aux enfants. » Mais je ne dis rien. Qui sait si le visage habité du grand homme ne leur rappelait pas un de leurs tortionnaires ?

Prout le chien était entièrement entortillé de scotch, une idée du petit Adolfo qui riait à gorge déployée de sa farce. Je désincarcérai le teckel en me réjouissant du tonus intact de l'enfant mais en remerciant le ciel que Paul ne soit pas rentré du collège à temps pour découvrir la scène avant moi.

De mon bureau se mirent alors à s'échapper des sons étranges, à mi-chemin entre notes de trompette et gémissements de supplicié. Je me tournai vers Ramón, affolée, qui leva la main, rassurant, en prononçant le mot :

– Saquébouta.

Saquébouta ? Qu'est-ce que ça pouvait être ? Un rite amérindien ? Je pensai chamanisme. Je pensai mortification. Je pensai scarifications. Je me précipitai.

La jolie Josefina ne s'interrompit même pas en me voyant entrer. Dans sa bouche, un curieux instrument à vent en laiton cabossé. Devant elle, une partition.

– C'est ça, la saqueboute, Pauline, murmura Germaine dans mon dos. Un instrument médiéval proche du cornet à bouquin. Une forme primitive du trombone, si tu préfères. J'ai vérifié dans le *Quid* la première fois que j'ai entendu la petite en jouer. Elle est très douée, tu verras. C'est quand son frère pique l'instrument que c'est un peu difficile à supporter.

À peine avais-je eu le temps d'avaler ma salive qu'on sonna à la porte. Ce doit être la livraison du BHV, pensai-je, eh bien, ils n'ont pas perdu de temps. Je collai tout de même mon œil au judas, vaguement inquiète à l'idée que des FARC armés jusqu'aux dents aient réussi à retrouver la trace des Pérez Aguilar.

Dans le petit cercle, un visage familier, quoique déformé par le grand angle de la focale, apparut.

Je m'affaissai sur moi-même de surprise.

Marie-Annick Orman.

Ma mère.

Le vingt et unième jour

> « Ne sois pas juste à l'excès, ni sage outre mesure. Pourquoi te rendrais-tu stupide ? »
>
> L'Ecclésiaste

Nous retrouver au bistrot d'en bas à 7 h 30 du matin n'était en rien un rituel de couple, grâce à Dieu. Mais, après cette nuit d'insomnie bilatérale, lorsque Pierre m'avait proposé de fuguer de chez nous au petit matin pour « faire le point au Balto », j'avais compris, à la tension sourde de sa voix, qu'il valait mieux obtempérer.

Mon biorythme n'ayant intégré aucune période de sommeil, j'étais vive et en alerte comme à 10 heures du soir. J'hésitai à commander un ballon de blanc, à l'instar des trois hommes accoudés au comptoir, *Paris-Turf* dépassant de leur poche. Mais Pierre, sans me demander mon avis, réclama deux double-crème au serveur. Assis de chaque côté d'un guéridon dont l'insert publicitaire nous engageait à « communiquer mieux avec Dix télécom », ni lui ni moi n'avions pourtant le cœur à prononcer le premier mot. Surtout pour évoquer la soirée de la veille. Tournant un croissant mou dans la tasse de céramique épaisse, je repassai le film des événements.

Le retour de ma mère.

C'était bien elle de débarquer sans crier gare, fraîche et rose, mince comme une jeune fille dans son jean APC, les chevilles nues et bronzées dégagées par l'échancrure des Converse. À soixante-deux ans, ma mère avait l'air d'en avoir vingt de moins. Je soupçonnais même les gens de me prendre pour sa grande sœur lorsque nous marchions côte à côte dans la rue. Pour autant, Marie-Annick n'était pas de ces pathétiques vieilles petites filles au visage boursouflé d'injections. Le secret de sa jeunesse tenait en un seul mot : veuvage.

Après que mon père se fut tué au volant de sa voiture de fonction en rentrant de son pot de départ à la retraite, un 1er avril, nous avions toutes les deux passé six mois de prostration quasi totale avant de pouvoir goûter tout le sel de la dernière sortie – de route – d'un homme réputé aussi drôle qu'imprévisible. Si je m'étais secouée de mon chagrin en donnant une petite sœur à mon Paul, maman, elle, avait fait le chemin inverse : elle s'était « défamilialisée », comme d'autres se désociabilisent après un coup dur pour trouver la force de rebondir.

Réaliser qu'il lui restait au moins vingt-cinq ans à vivre fut un électrochoc pour cette femme jusque-là entièrement dévouée à son mari et à sa fille unique... sans oublier les collégiens auxquels elle tentait d'enseigner des rudiments de latin et de grec depuis près de trente ans avec une constance admirable. J'étais grande, indépendante, casée jusqu'aux yeux, je pouvais me passer d'elle. De son côté, elle n'avait jamais réellement vécu de vie de célibataire, mon père l'ayant épousée, enceinte jusqu'aux yeux, trois mois après ses vingt-deux ans. On dit souvent que plus ils ont été heureux en ménage, plus les veufs se remarient vite. En ce qui concerne Marie-Annick Orman, ce fut le contraire : comblée par trente années de conjugalité rigolarde et complice, ma mère n'avait aucune envie de retenter le sort pour risquer une moins bonne pioche. Le projet de fin de vie de cette épouse modèle tenait plutôt en une formule : se venger du bonheur envolé en s'éclatant par tous les moyens possibles.

Au fil des semaines, Pierre et moi la vîmes se transformer. Elle commença par faire valoir ses droits à une retraite anticipée auprès de l'Éducation nationale. Puis, plus mince, plus mode, elle se remit à fumer avant de parachever sa mue par la fréquentation assidue de thés dansants pour seniors célibataires. Elle y fit un carton, mais refusa poliment les demandes en mariage qui affluèrent bientôt : « Ma chérie, dans ma malchance, le destin m'a épargné les problèmes de prostate de ton père, c'est pas pour me taper de changer les poches à pipi d'un quasi-inconnu jusqu'à la fin de mes jours », me disait-elle volontiers. Désinvolte, coquette, elle papillonna ainsi pendant cinq années jusqu'au jour où elle déclara qu'elle « en avait marre de ne voir que des hommes qui comparent la taille de leurs bridges pendant qu'ils jouent au bridge. Le bridge, quel qu'il soit, ça n'a jamais été mon truc ». La solution à son problème fut trouvée par son petit-fils adoré : meetic.fr.

En initiant Marie-Annick à internet, Paul ignorait qu'il ouvrirait bientôt des horizons insoupçonnés à sa grand-mère : les joies de l'homme plus jeune, bien connu aux États-Unis sous le nom de *toy boymania*. Aux Michel, Robert et Jean-Claude de sa période thés dansants succédèrent des Philippe, des Stéphane, des Jérôme puis bientôt des Greg et même des Ben et des Manu. Elle ne nous en présenta aucun mais commenta ses bonnes fortunes d'un tonitruant : « Tu comprends, je cherche pas de mari, je cherche pas d'enfant, je cherche pas de bijoux, je cherche qu'à leur montrer des trucs qu'on leur a jamais faits et puis *ciao* : je suis la femme idéale. »

Plus ses amants rajeunissaient, plus maman s'émancipait : finie la période bénie où elle venait tous les soirs aider les enfants à faire leurs devoirs et où elle leur organisait des sorties culturelles, *Télérama* au poing, pendant les vacances scolaires. Désormais, elle disparaissait pendant de longues semaines sans dire où elle allait, « histoire de ne pas peser sur vous, les enfants ». Tu parles. Pierre, que sa belle-mère avait toujours agacé, l'appelait « la pomponnette ». En retour, il se voyait conseiller dans un sourire angélique « de se mettre aux abdos : c'est souverain contre la bedaine, mon petit Pierre ».

Je pense qu'au-delà des sarcasmes, ce qui gênait le plus mon mari, chez sa belle-mère, c'était son incapacité à lui, l'homme de gauche, l'humaniste ouvert et tolérant, de considérer cette transformation postveuvage avec le détachement amusé qui s'imposait. En comparant la vie de Marie-Annick à celle de sa mère – 68 ans en paraissant 86, effacée et digne, bien que, de notoriété publique dans sa bonne ville de Limoges, trompée depuis quarante ans par un époux militaire porté sur la shampouineuse –, il était vaguement choqué, et ça, il avait du mal à le supporter.

De plus, comment mon mari aurait-il pu s'empêcher de songer à l'influence éventuelle de gènes farceurs qui, tôt ou tard, pousseraient la fille sur les traces de la mère ?

De mon côté, je ne pouvais pas résister à maman. Marie-Annick était imprévisible, fantasque, volontiers planche pourrie, mais elle était aussi drôle, légère, tonique et, surtout, heureuse.

En entrant à la maison, hier après-midi, elle avait marqué un temps d'arrêt, stupéfaite. Les Colombiens très méritants étalés dans le salon ? La présence de Germaine assise devant KTO, les deux mains plongées dans le sac de bonbons d'Adèle ? Prout le chien aux trois quarts épilé au scotch ? Même pas.

– Ma chérie, qu'est-ce que tu fais en jogging à cette heure-ci ? Et tes mèches ? T'as pas pu aller chez le coiffeur ? T'es pas malade au moins ?

– Mais non. D'où tu viens, maman, bronzée comme une Californienne ?

– Des Grenadines. Au départ, je devais faire une croisière d'une semaine sur un petit voilier avec Max, un copain, je sais pas si je t'ai parlé de lui ?

– Max ? Non. Chris et Bob, oui, mais Max, non.

– Ah bon ? Ça m'étonne. Remarque, de toute façon ça n'aurait servi à rien, on n'est plus ensemble. Qu'est-ce qu'ils peuvent être sentimentaux avant trente ans ! Des vrais pansements. Bref, il faisait beau, on a sympathisé avec le loueur de bateaux et quand il nous a proposé de remplacer l'équipage d'un charter évaporé dans la nature, on n'a pas résisté. Voilà, ta mère revient de trois mois de cabotage sous les tropiques, libre comme l'air et même plus riche de quelques centaines de dollars ! Elle est pas belle la vie ?

– Mamounette, c'est si bon de te voir ! On s'est fait du souci, tu sais.

– Mais pourquoi donc ? Fais pas ta fille poule, Pauline ! De toute façon, j'aurais pas pu appeler, les portables passent mal. Et vous, quoi de neuf ?

– Oh, deux, trois trucs. T'as un peu de temps devant toi ?

Fine mouche, je minimisai la gravité de l'accident et fis l'impasse totale sur ma rencontre avec Karl : pour maman, agnostique pur jus, découvrir qu'il y avait une vie après la mort eût été un trop gros choc. Que pourrait bien lui dire mon père, lorsqu'elle le rejoindrait après toutes ces années à envoyer ses voiles de veuve pardessus les moulins du web ? Non, il fallait l'épargner, c'était l'évidence. Je me contentai d'expliquer que ma rencontre avec Germaine Criquet m'avait ouvert les yeux sur la futilité de mon existence. D'où mon désir de redonner du sens à tout ça. D'où la présence des Colombiens très méritants à la maison. C'était peut-être trop d'infos d'un seul coup. Dans un premier temps, Marie-Annick focalisa uniquement sur ma mésaventure chez Colette :

– Dire que je n'étais même pas joignable ! Oh, ma chérie, comme je m'en veux, ta mère est folle ! Je crois que ne l'aurais pas supporté, s'il t'était arrivé quelque chose…

– Moi, j'étais là, interrompit Germaine avec un sourire carnassier. Ne vous en faites pas, chère madame, j'ai pris soin de votre petite fille.

Étrangement, le courant passa immédiatement entre ma mère et l'aide aux mourants. L'ancienne POP, vipérine et madrée, aurait probablement expliqué ce miracle par le ravissement de Germaine à découvrir l'ironie avec laquelle Marie-Annick évoquait Pierre, et réciproquement. La nouvelle Pauline, elle, préférait invoquer des affinités électives si naturelles entre femmes de bien, chacune dans son genre. Et ce, même si l'aînée des deux semblait être la fille de l'autre.

Au Balto, la voix de Pierre me tira de ma rêverie :

– C'est l'histoire d'un brave type qui rentre tranquillement chez lui, bien fatigué après sa journée de boulot. Dans son salon, il découvre le cartel de Medellín, enfin une famille de réfugiés colombiens qu'il ne connaît pas et qu'il ne veut pas connaître. Dans sa cuisine, sa belle-mère, toujours aux abonnés absents lorsqu'on a besoin d'elle, bras dessus, bras dessous avec une vieille folle qui est en train de réussir à transformer la femme sexy du type en banderole pour la catho pride. Je reconnais que ça ferait un bon sketch, Pauline. Mais moi, ça me fait pas marrer. Ça me gonfle, tu entends ? Mets-toi à ma place, bon sang !

Je comprenais. Bien sûr, je comprenais. Mais tout n'était pas de ma faute. Le retour de maman n'était pas prévu au programme, ah çà non. Et pour les Colombiens, je pouvais expliquer... Je racontai à Pierre ma bévue SMS, mon idée fulgurante pour me venger de sa traîtrise.

Surprise. Il dévoila ses dents bien haut sur les gencives :

– Ma chérie, t'as voulu me faire chier un bon coup en organisant tout ça dans mon dos ? Les Colombiens très méritants, c'est plus par coup bas que par conviction ? Mais c'est très bien, ça, ça veut dire que l'ancienne POP est peut-être de retour ?

Prête à tout pour que ce sourire, le premier depuis des semaines, ne disparaisse pas du visage de mon mari, je laissai planer le doute sur mes intentions véritables, évoquant l'hypothèse d'une « déconversion » à court terme. « Tu sais, je crois que l'accident m'a bien secouée, mais petit à petit, tout est en train de se remettre en place. » Bon, c'était pas joli joli de raconter un char pareil, on est d'accord, mais je ne doutais pas que là-haut, on saurait se montrer sensible aux efforts désespérés d'une femme pour sauver sa famille.

Pierre reprit un croissant pour fêter la bonne nouvelle. Exprès, je lui fis la remarque qu'il n'était pas raisonnable, ce qui acheva de l'enchanter : sa femme-flic et culpabilisante n'était peut-être pas morte.

Je battis le fer tant qu'il était chaud et, d'une voix rauque, informai mon mari que j'avais envie de lui, là tout de suite.

Un pied sur la cuvette des petits coins, la tête cognant un peu contre le sèche-mains, je goûtai la joie de ces retrouvailles charnelles en pensant avec ravissement qu'à elle seule l'existence du clitoris suffirait à prouver celle de Dieu.

Comme il est doux, parfois, notre devoir d'épouse, songeai-je avec reconnaissance en rajustant mon jogging dans l'escalier qui menait à la salle du café.

Une fois notre table regagnée, il fut facile de porter l'estocade.

– Mon chéri, le problème c'est que je ne sais pas du tout qu'en faire, de ces gens, moi, maintenant. Si seulement tu pouvais nous sortir de ce guêpier…

« Toujours leur donner l'impression que c'est eux qui décident, voilà la règle d'or du couple qui dure » : le vieux slogan de Marie-Annick Orman m'avait souvent sauvé la mise en cas de négociation difficile.

– Écoute, dit Pierre, réfléchissant à toute vitesse, je parle espagnol, ça va pas mal faciliter nos relations avec les Pérez Aguilar. Je vais leur expliquer qu'on ne peut pas les garder aussi longtemps que prévu. On n'a qu'à dire que c'est à cause du retour de ta mère, tiens. On fixera une échéance à mettons… dix jours, quinze maximum, pour leur laisser le temps de se retourner ? En attendant, essayons de voir les choses de façon positive. C'est vrai que pour muscler le sens de la solidarité de Paul et Adèle, accueillir des réfugiés, c'est une super expérience.

Je souris, ravie.

Bien sûr, mon mari et moi ignorions encore la nature de l'expérience que nos enfants allaient vivre dans moins de dix jours.

Pour l'heure, une belle journée commençait, placée sous le signe d'une enthousiasmante réconciliation conjugale.

Je rentrai à la maison, le cœur léger. Incroyable : le plus épineux de mes douze travaux – rallier Pierre à la cause – était en bonne voie, et pourtant, je n'avais même pas pensé à demander de l'aide à l'un des apôtres, tout à l'heure, au café. Ça s'était fait comme ça, à l'instinct, signe que je progressais à grands pas dans ma quête du Beau et du Bien.

C'est donc remontée à bloc et confiante en l'avenir que, de 8 heures à 19 heures, je tentai de préparer mon interview de José Bové, le son de la saqueboute dans les tympans et Prout le chien sur les genoux afin de le tenir éloigné d'un jeune Adolfo qui, à la réflexion, donnait tous les signes d'une vitalité flirtant avec le pathologique.

Le vingt-deuxième jour

« La foi repose sur la connaissance, pas sur une pieuse ignorance. »

Jean Calvin

José Bové lissa sa moustache, perplexe.

– Pardon, mais je ne comprends pas très bien le sens de votre question.

– Je vous demande simplement si vous êtes conscient de la dimension christique de votre engagement dans ses aspects tant subversifs et sacrificiels qu'humanistes.

– Madame, depuis trois quarts d'heure qu'a démarré cet entretien, vous ne m'avez parlé que de spiritualité et de religion. Or je suis un athée convaincu, tout le monde sait ça. Mon combat est po-li-ti-que, comprenez-vous ?

– Je n'en crois pas un mot. Bon sang, monsieur Bové ! Votre père s'appelle comment déjà ? Joseph ! Et vos idées vous ont amené où ? En prison, tiens tiens, comme un certain… Jésus. Vos rapports avec l'OMC sont l'exact pendant du combat du Christ contre les Romains. Il multipliait les pains, vous avez fondé le comité Roquefort : votre bataille contre la malbouffe est symbolique de la quête de ces millions d'âmes affamées de sens. Votre dimension spirituelle est indéniable. In-dé-nia-ble.

– Je vous assure, vous faites fausse route.

– Pas du tout : qui a écrit que « l'utopie est la matrice de l'histoire et la sœur jumelle de la révolte » ?

– Eh bien… moi, je crois.

J'eus le triomphe modeste.

– Parfaitement. Mais ça, voyez-vous, Jésus, il aurait pu le dire tout pareil quand il harangua la foule au lac de Tibériade. D'ailleurs, si mes renseignements sont bons, vous avez longtemps passé vos vacances dans la résidence secondaire de vos parents à Lacanau-Lac. Un lac, comme Tibériade ! Ha ha, si c'est pas une preuve.

José Bové jeta un coup d'œil désespéré vers la porte :

– On m'avait dit que vous étiez une journaliste rigolote, madame Orman-Perrin, alors je m'attendais à des questions sur le *dress code* de la désobéissance civique, sur la sexualité des éleveurs de brebis ou quelque chose dans le genre. Mais là, vous m'avez épuisé, épuisé. Un hectare d'OGM à faucher, c'est de la rigolade à côté d'une heure d'interview avec vous, je vous jure.

Je souris.

– J'en ai autant à votre compte. Votre obstination dans une posture d'athéisme, alors que de tout votre être suintent ces questions métaphysiques auxquelles seule la spiritualité peut apporter des réponses, est éminemment troublante. Mais je ne vous en veux pas. Non. Au contraire, je sortirai ragaillardie de cet échange de personne humaine à personne humaine.

– Ah bon.

– Parfaitement. Je vais vous faire une confidence : pendant longtemps, j'ai tenu le mouvement Attac pour un combat d'extrémistes flirtant avec le totalitarisme, et vous, le plus médiatique de ses fondateurs, pour un mégalomane. Eh bien, aujourd'hui, j'ai changé d'avis. Vous n'êtes pas un mégalomane mais juste une âme qui erre. C'est pour cela que j'ai très envie de vous serrer dans mes bras.

Je me levai et donnai une longue accolade à l'ancien porte-parole de la Confédération paysanne.

Qui resta là, planté, bras ballants, tandis que je me dirigeais vers la sortie en murmurant :

– Je vous souhaite de trouver la Lumière, José Bové.

– Bon, ça, c'est fait, chantonnai-je au volant de ma petite voiture.

Dans ma tête, le papier était déjà presque terminé.

Ils sont rares, dans notre métier, ces moments de grâce où l'on sait, en sortant d'une interview, que l'on a réussi à aller exactement là où il fallait. Où l'on a la certitude d'avoir percé la vérité d'un être. L'ancienne POP y parvenait parfois, mais c'était toujours dans l'ironie ou dans le « décalage ». Avec même souvent, j'en frémissais rétrospectivement, l'idée de faire rire aux dépens de son interlocuteur. La nouvelle Pauline venait de remplir sa mission en utilisant une nouvelle arme : la bienveillance. Un absolu et sincère désir de restituer au public la beauté d'une personne. Mon repositionnement était en marche.

Le vingt-troisième jour

> « La Bible n'est pas là pour nous apprendre comment va le ciel mais comment on va au ciel. »
>
> Galilée

Devant la barre de poubelles qui envahissaient désormais la cuisine, je me demandai un instant si j'avais vraiment bien fait d'acquérir, pour trois cent quatre-vingts euros, le kit « recyclage intégral des déchets domestiques » vanté par une chaîne de télé-achat allemande dix jours plus tôt.

– C'est quoi cette merde ? murmura Paul en désignant le dôme fumant que je venais de poser sur la table.

– Ton vocabulaire, mon chéri ! le tançai-je tendrement. C'est du boulgour, bourré de vitamine B, de fer, de phosphore et de magnésium. Tu vas voir, c'est délicieux, une fois qu'on s'est habitué à la texture. S'il est marron, c'est que c'est du vrai, du complet, issu du commerce équitable. En fait, j'ai sillonné tout Paris pour le trouver.

– Et pourquoi on n'a pas droit aux saucisses de Morteau, nous ? dit mon fils en louchant vers les assiettes de la famille Pérez Aguilar.

– Parce que, contrairement à nos amis colombiens qui ont probablement souffert de privations inimaginables, nous sommes des Occidentaux hyperprotéinés et que je m'en voudrais de faire de vous des adultes obèses destinés à périr à moyen terme d'un cancer intestinal abominable. À partir d'aujourd'hui, nous ne mangerons de la viande que deux fois par semaine, c'est bien suffisant.

En bon adolescent en butte à une légère contrariété, mon fils se leva alors de table en lançant ses bras vers le plafond, et grommela une phrase dans laquelle il était question tant de droits de l'homme que de famille de tarés.

– Ça suffit, Paul ! rugit son père. Quoi qu'il puisse y avoir dans ton assiette, manger à sa faim, c'est déjà une… chance, ajouta-t-il en se versant un quart de cuillerée de boulgour. Tu réagis en enfant gâté, quelle honte devant les Pérez Aguilar. Et puis, ta mère plaisante, pour les restrictions de viande. N'est-ce pas, chérie, tu plaisantes ?

D'un regard discret, je fis comprendre à Pierre de ne pas insister.

– Oh non, gémit Adèle. Elle vient de te faire ses gros yeux de parent paniqué. Elle plaisante pas.

Josefina tourna alors vers moi son visage pointu et demanda « *Puedo ?* » en désignant successivement sa moitié de morteau et l'assiette de Paul. Cette petite m'intriguait. Ça n'était pas la première fois qu'elle intervenait ainsi, juste au bon moment, avec un à-propos et une délicatesse confondants pour une fille si jeune… et non francophone, de surcroît. Par principe d'éducation, afin de ne pas me dédire face à mon fils, j'aurais dû refuser sa proposition. Mais c'était offert de bon cœur et, comme je l'expliquai à Paul :

– Tu réalises un peu le sacrifice de Josefina, compte tenu de son passé ?

La jeune fille ajouta quelque chose que je ne compris pas.

– Elle dit qu'elle est au régime, que les saucisses c'est trop gras pour elle, traduisit Pierre avec un sourire tandis que Paul, ricanant bruyamment, engouffra la morteau en deux bouchées.

De son côté, le jeune Adolfo montra successivement Prout le chien et son assiette en poussant des glapissements, avant de se frotter le ventre en roulant des yeux déments. Sa mère se mit à lui parler très vite, sans doute pour lui faire comprendre que, contrairement aux apparences, la saucisse de teckel n'était en rien une spécialité française. À coup sûr, il y a quelques semaines, cette famille vivait encore au milieu des poules qu'elle mangeait, me dis-je, secouée. Comme d'habitude, l'explication ne calma nullement les hurlements du gamin : pour l'avoir bien observé depuis trois jours, j'en étais arrivée à la conclusion que la seule solution, pour ne pas déclencher ses crises de rage, était de ne jamais lui adresser la parole ni, surtout, de le regarder dans les yeux.

Il était urgent de faire diversion. Je suggérai à Pierre de parler aux Pérez Aguilar maintenant.

Tandis que je débarrassais, mon mari se lança dans un long monologue dont je ne saisis que les mots *impossible*, *desolato*, *quitar la casa rapido* et, curieusement *foufouna malada*.

Ramón et Consuelo baissèrent la tête.

À l'évidence, ils avaient compris qu'ils étaient virés. Je me sentis, comment dire ? minable, lamentable, misérable ? Misératmentable, c'est ça. Deux crans au-dessous d'un officier chilien tuant un chiot à coups de bottes rien que pour faire rire ses congénères imbibés de *cerveza*. Pourvu qu'ils ne pleurent pas. « S'ils pleurent, je mets le bail de l'appart à leur nom, deux ans de loyer sur un compte bloqué, et on s'installe chez Germaine avec les enfants », pensai-je. Au bout de dix secondes qui me semblèrent durer quatre heures, ils tournèrent lentement leurs visages bouleversés vers moi.

– *We... very sad for your mother*, murmura Ramón en me serrant la main tandis que Consuelo malaxait mon épaule en balançant la tête.

– Qu'est-ce que tu leur as dit, Pierre ? grinçai-je à l'adresse de mon mari sans le regarder.

– Que... que Marie-Annick était rentrée en France pour mourir, chez sa fille, d'une maladie invisible à l'œil nu. Un genre de tumeur féminine dans un endroit mal placé. Désolé, chérie, ça m'est venu comme ça, j'ai pas trouvé mieux.

– Rendez-vous en zone libre dans exactement trente secondes pour parler de ça tranquillement, Pierre.

Une fois dans notre chambre, j'envisageai d'abord de me mettre très en colère. « *Foufouna malada* toi-même ! Comment peut-on spéculer comme ça sur la santé des gens ? C'est ignoble ! Si on diagnostique à maman le plus petit fibrome de rien du tout dans les vingt ans à venir, ça sera de ta faute. » Mais la nouvelle POP ne pouvait céder ni à la superstition, ni à la rage, ni, surtout, mettre le fragile équilibre de son couple en péril. Et puis, la mine contrite de Pierre était franchement divertissante : la dernière fois que j'avais vu des commissures de lèvres tomber aussi bas, c'était sur le museau de Prout surpris en flagrant délit de chapardage de saucisses apéritif. Je l'engueulai donc très peu, juste pour la forme, un reproche du niveau 2 sur le baromètre de la mauvaise humeur conjugale, l'échelle de Burton-Taylor, qui en compte 25, comme chacun sait.

– J'aimerais que tu m'expliques pourquoi tu parles pas plutôt de la foufoune de ta mère à toi pour faire fuir les gens.

– Ma mère ? Elle a pas de foufoune, ma mère, voyons. Bon, Pauline, t'as raison, c'était lourd. Mais on devrait plutôt être contents : je crois que j'ai pas trop mal négocié. Ils m'ont promis qu'ils allaient s'organiser pour faire rentrer de l'argent, ils en avaient un peu de côté dans leur pays, j'imagine, et qu'après ils partiraient.

– Mais quand ?

– D'ici un mois, d'après ce que j'ai compris.

– Un mois ?

– Eh oui. Mais on a échappé au pire. Ce que Germaine ne t'avait pas dit en te proposant de les prendre, c'est que, généralement, on s'engage pour un an. Ah, la pute.

– Pierre ! Je suis sûre qu'elle le savait même pas, pour qui tu la prends ?

Mon mari éclata d'un rire énorme tandis que de la pièce voisine montait le son lancinant de la saqueboute.

Le vingt-quatrième jour

> « L'esprit est difficile à maîtriser et instable. Il court où il veut. Il est bon de le dominer. L'esprit dompté assure le bonheur. »
>
> Bouddha

Depuis combien de temps n'avais-je plus entendu le gloussement en chasse d'eau d'une de mes rédactrices en chef au téléphone ? L'ancienne Pauline raffolait de ces brefs appels qui ponctuaient parfois la lecture d'un de ses articles.

– C'est toi, POP ? Ha ha ha ha.

Et paf, ça raccrochait. Le message était clair : C'est bon, le papier est réussi, tu peux passer au suivant.

En reposant le téléphone, la nouvelle Pauline fut prise d'un sentiment bizarre, à mi-chemin entre vrai soulagement et panic attack. À l'évidence, le portrait de José Bové avait plu, mais comment savoir si la direction bicéphale avait bien compris le contexte de repositionnement total dans lequel il avait été rédigé ?

Je tentai de rappeler la rédaction. « Votre correspondant ne peut être joint pour le moment, merci de le rappeler ultérieurement », chantonna l'exaspérante bonne femme virtuelle de sa voix à proposer un rapport bucco-génital. Les cinq autres lignes étaient occupées, évidemment. Je soupçonnais depuis longtemps l'une des assistantes de l'étage de n'avoir que cette mission sur son contrat de travail : décrocher les combinés afin de rendre les journalistes définitivement injoignables. Un mail ? La direction bicéphale mettait en général quarante-huit heures à répondre trois mots heurtés, le plus souvent : *Pas le temps, on se parle, bizes*.

J'appelai plutôt Mathilde. Mon amie tenait une forme du tonnerre.

– Eh bien, le Marc, il se donne du mal ! Je sais pas comment il a deviné que les deux choses que je préfère au monde, c'est les téléphones qui sonnent pas trop souvent et les roses blanches, mais chez moi c'est Bagatelle et on se parle plus que pour baiser. Il devient presque aussi bien qu'un homme marié, dis donc.

J'eus le triomphe pas très modeste mais parfaitement intériorisé. Une toute petite entorse à la « morale » communément admise, et zou, voilà que j'avais réussi à mettre ma quasi-sœur sur les rails d'un bonheur bientôt conjugal, je n'en doutais pas. Là-haut, Karl devait être fier de moi.

– Eh bien, ça me fait plaisir de l'entendre, Math. Écoute, là, j'ai pas trop le temps de papoter parce que j'ai un cours d'initiation à la kabbale dans une demi-heure…

– Quoi ? Ah non, POP, c'est une secte pour super-rupins. T'as pas les moyens, n'y va surtout pas.

– T'inquiète, c'est juste une enquête. J'ai un projet de papier comparatif entre scientologie, kabbale et raéliens…

– Ça parlera des stars, rassure-moi ? T'en as parlé à Raph et Mimi ? m'interrompit Mathilde.

Je décidai d'avancer masquée.

– Évidemment, tu me vois faire un truc en profondeur comme ça, toute seule, sans y être obligée ? Et sans aucun angle people, en plus ?

– Ah, super. Alors, qu'est-ce que tu veux savoir ?

– Est-ce que ça t'arrive que Raph et Mimi te fassent le coup de l'éclat de rire au téléphone même quand le papier n'est pas particulièrement drôle ? Tu te souviens, quand tu as rendu ton entretien avec Angela Merkel, elles étaient pliées de rire ou pas du tout ?

– Je me rappelle plus trop, mais je crois qu'elles rigolaient. Tu sais comment elles sont, il leur suffit de voir arriver un article le bon jour à la bonne heure pour se mettre en joie. Je jurerais même pas qu'elles les lisent tous avant de les envoyer à la maquette. Pourquoi tu me demandes ça, Pauline ?

– Pour rien, c'est juste un truc en passant. Allez, je dois filer. T'as bien noté le dîner après-demain à la maison, hein ? J'ai trouvé une recette de fondue bourguignonne végétalienne et sans huile qui promet.

– Jure-moi que c'est une blague.

– Je vois pas ce qu'il y a de drôle à tenter de respecter son corps, Mathilde. On est ce que l'on mange et…

– Sacrée POP. Le coup de la baba ayurvédique. T'as failli m'avoir.

Elle raccrocha dans un cri de joie.

Pas complètement rassurée, j'ouvris le document intitulé « José Bové » dans mon ordinateur. Je le relus rapidement. L'intro : « *La France le prend pour Astérix, et si c'était plutôt saint François d'Assise ? Il y a, derrière l'agitation revendicatrice et fanfaronne de José Bové, quelque chose d'une quête mystique qui ne dit pas son nom. Sous les moustaches arrogantes, un petit enfant pleure. Cet enfant, je l'ai rencontré…* »

Super. La fin aussi, avec son petit trait d'esprit pour la pirouette finale, mais sans trop appuyer – les panzers brigades de l'humour, c'était bien fini : *« Et c'est ainsi que l'on doit envisager José Bové : un saint en marche ? Peut-être pas. Mais un cœur sain dans un corps en marche, ça, assurément. »*

Ce devait être ça qui avait tant plu à Raph et Mimi.

Le vingt-cinquième jour

« Assiste ton frère, qu'il soit oppresseur ou opprimé. »

Mahomet

– Bienvenue à Fleury-Mérogis, lança joyeusement Germaine Criquet.

La dernière des cinq grilles d'accès au plus grand centre pénitentiaire d'Europe venait de se refermer derrière nous sans douceur. C'était la première fois que maman et moi mettions les pieds dans une prison. Si nous ne nous attendions évidemment pas à découvrir un club Mickey pour adultes, rien ne laissait présager du degré de laideur et de désolation dans lequel la patrie des droits de l'homme maintient ses délinquants. J'eus, à cet égard, une série de réflexions profondes et bien senties qui firent hausser un sourcil circonspect à ma mère. Chacune son tour. Une heure plus tôt, en passant la chercher en voiture, j'avais mis trente secondes à reconnaître, dans la longue silhouette sobre coiffée d'un fichu noir qui faisait les cent pas devant l'immeuble, l'exubérante Marie-Annick Orman. Pourquoi maman s'était-elle déguisée en paysanne sicilienne pour ses premiers pas à Fleury-Mérogis ? Cela resterait un mystère.

Tout aussi opaques étaient les passe-droits dont Germaine nous avait fait bénéficier. Théoriquement, devenir visiteuse de prison est un processus lent, qui exige six bons mois de démarches auprès du Service pénitentiaire d'insertion et de probation. Mais Mlle Criquet avait le bras long, et elle nous expliqua brièvement que de vieilles amitiés au sein de l'Association nationale des visiteurs de prison lui avaient permis d'accélérer les choses. « Le monde du bénévolat est un petit monde, Pauline, le réseautage s'y fait tout naturellement, par capillarité : les détenus tombent parfois gravement malades, très souvent même, on a besoin de nous là-bas aussi. C'est l'un des énormes avantages de l'accompagnement aux mourants : tout le monde est concerné, tôt ou tard », avait-elle conclu, mutine.

Si l'idée d'associer Marie-Annick à cette expérience venait de moi – j'entendais étoffer son dossier « bonnes actions » en prévision du jour où elle se retrouverait face à Karl d'abord, à son mari ensuite –, c'est Germaine qui avait réussi à la convaincre d'être de la partie, après lui avoir juré sur la tête de Sœur Emmanuelle que personne ne lui piquerait ni son sac ni ses bijoux. Deux jours plus tôt, nous avions rempli des fiches de personnalité afin que l'administration nous attribue « le détenu le plus proche possible de notre profil psychologique » – c'était écrit noir sur blanc. En moins de vingt-quatre heures, notre convocation officielle était arrivée par la poste et zou, en voiture Germaine, direction l'Essonne.

Une première surprise nous attendait. Dès notre arrivée, on nous sépara. L'aide aux mourants trottina vers l'infirmerie en nous souhaitant :

– Bonne chance, et rendez-vous dans une heure à la sortie, sauf imprévu.

Imprévu ?

Puis ce fut ma mère qui me laissa.

Fleury-Mérogis est l'une des rares prisons françaises mixtes ; si l'on m'avait attribué une femme, maman avait écopé d'un prisonnier mâle : mon cœur se serra en la voyant s'éloigner, frêle silhouette, derrière les gardiens qui l'emmenaient dans un autre bâtiment. Avant de disparaître au bout du couloir, elle se retourna et me lança un regard de bête apeurée à retourner les sangs. Je pensai à ces milliers de gens qui voient partir ceux qu'ils aiment vers l'inconnu glacé d'un centre pénitentiaire et, fort à propos, les mânes de Michel Berger vinrent me visiter, comme souvent ces dernières semaines : « Diego, libre dans sa tête, derrière des barreaux-eaux-eaux », chantonnai-je *in petto* en rejoignant le parloir.

À l'instant où je m'apprêtais à rencontrer l'inconnue que je m'étais engagée à suivre jusqu'au bout de sa détention, je n'étais que douleur, partage et empathie. Des airs célestes se bousculaient dans ma tête, sublimant la laideur du parloir badigeonné d'un bleu sale. « Mais ta douleur rachète ta fauute, pauvre maudiiit » – quand on en appelle à Michel Berger, Véronique

Sanson n'est jamais bien loin. J'étais au max de ma bonté, prête à tout comprendre, tout entendre.

Tout, sauf ça, peut-être :

– Vous êtes POP ? Je vous imaginais beaucoup plus jeune.

L'administration m'avait donc collé une fan du magazine *Modelle*. Enfin, surtout fan des articles de Bénédicte Delplace, « du véritable journalisme, pas du bla-bla », précisa-t-elle avec un sourire de biais. J'ouvris la bouche pour expliquer que, Bénédicte refusant obstinément d'écrire, c'était moi ou Mathilde qui rédigions 80 % des papiers qu'elle signait, avant de me raviser. Non. C'était mal de dégommer une collègue si haut placée dans l'estime d'une malheureuse qui n'avait peut-être que notre hebdomadaire pour maintenir son moral à flot, semaine après semaine.

La trentaine boulotte, une crête iroquoise brune sur son crâne à moitié rasé, la détenue me tendit une main molle en se présentant :

– Marie-Ange Leprieur, je sais, c'est naze comme nom.

Un mois plus tôt, j'aurais éclaté de rire. Là, je fermai les yeux un instant et serrai longuement sa main, bouleversée par ce signe évident qui m'était envoyé : j'avais été choisie pour être l'instrument de la rédemption de cette créature si peu gâtée par la vie.

– Marie-Ange, je suis super contente de faire ta connaissance.

– Pourquoi vous me tutoyez ? Pour qui vous vous prenez, les bourges ?

À l'évidence, Marie-Ange n'avait pas un caractère commode, mais comment aurait-il pu en être autrement, compte tenu de l'épreuve qu'elle traversait ? Pendant une heure, je me laissai donc rabrouer bien volontiers. À peine manifestai-je mon agacement lorsqu'elle ouvrit le vaporisateur de parfum d'intérieur que je lui avais apporté pour améliorer le confort de sa cellule et s'écria :

– Ben dis donc, c'est quoi cette marque ? Vous vous êtes pas foulée, vous auriez pu prendre du Diptyque, avec les tartines que vous collez dans votre bouquin sur leur bougie au feu de bois…

En découvrant que Marie-Ange Leprieur était de ces gens qui qualifient de « bouquins » les journaux, j'eus un frisson de répulsion résolument CSP, que je me reprochai avec horreur.

Durant tout notre entretien, la détenue ne me parla que mode, chaussures, coiffure et maquillage, avec cette brève digression sur le terrain du people :

– Il est comment, George Clooney, en vrai ?

– Démocrate.

– Naaan, il est vraiment chaud, je veux dire ?

J'écoutai son consternant babil avec bienveillance jusqu'au moment où, n'y tenant plus, je l'interrogeai :

– C'est indiscret de vous demander la peine qu'il vous reste à purger Marie-Ange ?

– Ben… vingt-quatre moins cinq… dix-neuf ans, douze avec les remises de peine. Ah çà, dès qu'on trempouille du bout des doigts dans un réseau pédophile, ils vous loupent pas, ces salauds.

J'avalai péniblement ma salive. Eh bien voilà. Je m'étais donc engagée à rendre visite chaque semaine pendant les douze prochaines années à une proxénète d'enfants antipathique, sournoise, laide comme le péché et fan des papiers de Bénédicte Delplace de surcroît.

Je titubai vers la sortie où je trouvai ma mère. Radieuse.

– Ma chérie, je viens de rencontrer un être tout à fait hors du commun. Momo, vingt-neuf ans, injustement incarcéré pour un vol de voiture, m'a-t-il expliqué. Il a encore six ans à purger, tu te rends compte ? C'est dégueulasse, une peine pareille pour avoir juste emprunté une Mercedes à un type qui n'était même pas un ami ? Moi, je dis qu'une auto aussi polluante qui disparaît, c'est plutôt un service rendu à la nation, non ?

– En effet maman, ça me paraît bizarre, une condamnation aussi lourde… T'es sûre qu'il a pas fait… autre chose ?

– Oh non, il me l'aurait dit. Tu penses, un gars superbe, bien bâti, vraiment spectaculaire. Et tu sais quoi ? Il est fan d'Eminem, comme moi !

Dans les yeux de ma mère passa alors une lueur gourmande qui me rappela quelque chose. Ah oui, j'y étais : cette photo de Béatrice Dalle dans *Gala*, le jour de son mariage avec un détenu rencontré dans une prison bretonne, il y a deux ans.

Seigneur, aidez-moi.

Le vingt-sixième jour

> « La voie des humains n'est pas en leur pouvoir et il n'est pas donné à l'homme qui marche de diriger ses pas. »
>
> Jérémie

– Aflição, tu peux m'expliquer pourquoi tu as repassé et rangé une nappe sale dans le placard ?

La jeune femme haussa les épaules.

– Tou m'avais pas dit de la lavech, Pauline.

Si l'étudiante lisboète n'avait jamais été la Marie Curie des travaux ménagers, depuis une semaine sa nonchalance à s'acquitter des dix heures hebdomadaires qu'elle nous devait en échange de sa chambre atteignait des sommets préoccupants. Après avoir ressorti du lave-linge le meilleur cachemire de Pierre bouilli à cœur, j'avais essayé de la mettre en garde. Mais, ces derniers temps, mes messages de fermeté avaient du mal à passer clairement : en sortant de la pièce, Aflição, ravie, avait juste compris que je projetais de lui offrir son billet d'avion pour le Portugal l'été prochain.

Je ne doutais pas que la présence des Pérez Aguilar la déstabilisait grandement. Passé une première période d'hostilité distante, l'au-pair s'était progressivement accoutumée aux réfugiés. Désormais, elle passait de longs moments en « zone occupée », comme Pierre avait rebaptisé le salon. Non pour y faire le ménage, les effets personnels de la famille étalés dans toute la pièce barrant l'accès à un simple plumeau. Ni pour tailler le bout de gras avec Josefina, son aînée d'un an seulement : curieusement, Aflição n'avait pas particulièrement d'atomes crochus avec la jeune Colombienne. En réalité, le seul membre de la famille à supporter le son de la saqueboute était Paul, qui y voyait « un truc trop mortel genre BO de film d'égorgements en série dans un abattoir ». Quant au petit Adolfo, il terrorisait carrément la jeune Portugaise, qui l'avait diagnostiqué comme « oune psicotico total » au premier regard. Non, ce qui semblait pousser Aflição à rejoindre le salon au premier prétexte venu, c'était le couple Pérez Aguilar. Consuelo passant l'essentiel de ses journées en démarches à la préfecture, elle avait de longues discussions avec Ramón, elle lui parlant en portugais et lui répondant en espagnol. Se comprenaient-ils ? Peu importe. Je sentais que ces échanges d'expatrié à expatriée leur faisaient du bien à tous deux. Ramón était si taciturne, la fraîcheur de la jeune fille devait lui mettre du baume au cœur ! Je me fis la réflexion furtive – et regrettée dans l'instant – que, de plus, le physique… comment dire ?… difficile… de l'au-pair nous mettait à l'abri de toute situation scabreuse ou vaudevillesque. À n'en pas douter, Aflição retrouvait en Ramón la figure paternelle qui devait tant lui manquer. En tout cas, j'étais enchantée d'avoir contribué à la convaincre de s'intéresser à l'Autre avec un grand A, dans toute la complexité et la noblesse de sa différence.

En m'aidant mollement à mettre le couvert dans la cuisine, Aflição parut soudain cueillie par une pensée fulgurante :

– Au fait, pourquoi tou fais oune dîner en ce moment, avec tout lé bordelch dans la maisonne ?

– J'ai ma petite idée, répondis-je en souriant.

Certes, mon projet n'était pas gagné d'avance : réunir les douze acteurs de ma possible rédemption autour d'une même table était une gageure.

Je savais bien qu'au cas par cas, j'avais marqué des points : Mathilde et Marc roucoulaient ; à défaut de comprendre ma démarche, Pierre semblait l'avoir acceptée ; maman venait de se découvrir une vocation de visiteuse de prison ; les Pérez Aguilar paraissaient se satisfaire de leur mois d'hébergement gratuit à la maison ; mes enfants se rendaient régulièrement qui aux jeannettes, qui aux ateliers de réflexion charismatique pré-JMJ ; Aflição avait fait d'énormes efforts d'ouverture aux autres ; Germaine se disait satisfaite de mes progrès… C'était pas si mal. Mais j'avais besoin, pour avancer, de créer un lien entre eux. Qu'ils comprennent qu'ils n'étaient pas des éléments isolés de ma quête de sens, mais bien les pièces d'un grand puzzle d'amour universel.

Assis entre Germaine et maman, Pierre avait l'air d'un poisson hors de son bocal. Déçue par son peu d'enthousiasme à entendre le bouleversant récit de l'agonie simultanée d'un couple de jeunes mariés accidentés le soir de leurs noces, l'aide aux mourants se mit à parler à Marie-Annick par-dessus l'épaule de son voisin. Pierre fit un geste pour se resservir, avant de reposer sa pique à fondue, grognon.

– Je me brûle, Pauline. T'es sûre que c'est au point, cette recette de fondue sans matières grasses ? Parce que cuire des cubes de légumes dans de l'eau bouillante, non seulement ça prend un temps fou mais ça ne nourrit pas son homme. J'ai faim.

Ses voisines échangèrent un coup d'œil entendu et maman prit son ton de pure belle-mère pour décréter qu'avoir une femme pour vous préparer la tambouille tous les soirs était déjà une grande chance. Germaine renchérit :

– C'est à la fois un peu infantile et plutôt macho, comme réaction, convenez-en, mon petit Pierre.

Mathilde sourit en douce à Marc, et je trouvai une dimension quasi conjugale à cet échange discret, à ma grande satisfaction.

Depuis le début du dîner, le broker-chasseur n'avait pourtant pas desserré les lèvres. De temps à autre, il me lançait des regards épouvantés, avant de baisser les yeux vers les boulettes de pain complet qu'il alignait en bataillons rangés. À l'évidence, c'était à cause du processus que nous avions mis en place neuf jours plus tôt. Ces « scrupules » m'attendrissaient et, en même temps, m'inquiétaient un peu. Ne savait-il pas, l'innocent, que rien de grand ne se fait sans courage et que, pour atteindre un noble but, il faut parfois savoir dépasser ses vieux préjugés ?

– *Ad augusta per angusta*, Marc ! lui dis-je en levant mon verre de Champomy.

– Ça veut dire quoi ? demanda Adèle.

– C'est une citation, pauvre tache, répondit son frère, fin latiniste.

– Ça pourrait se traduire par « À des résultats glorieux par des voies étroites », sourit ma mère.

– C'est porno, Mamick ? ricana subtilement mon fils.

Je changeai rapidement de sujet.

Ma fondue à l'eau n'avait pas eu le succès escompté. Aflição, assise entre les Pérez Aguilar, observa d'un ton désabusé qu'avec un bon coup de mikcheur, je pourrais toujours en faire une choupe.

Suivit un silence pensif et ennuyé. Entre mes convives, la mayonnaise ne prenait décidément pas. Comme ils étaient loin de mon idéal d'empathie universelle qui se rirait des générations, des origines, même des banales affinités électives !

Mathilde, consciente de mon trouble, essaya de trouver un sujet de conversation susceptible d'intéresser tout le monde.

– T'as vu le scandale à Matignon ? La vedette de la dernière série phare de TF1 retrouvée coincée dans les chiottes avec le Premier ministre ? C'était dans *Voici*. On ne parle plus que de ça au journal.

– Désolée, je me suis désabonnée à *Voici*, Mathilde.

Les deux mains de mon amie retombèrent sur la

nappe. Pierre dressa l'oreille. Aflição masqua sa bouche de sa paume. Même Germaine parut troublée.

– Mais… pourquoi ?

– Parce que je trouve indigne cette presse qui se repaît de la vie privée des autres, qui se mêle de ce qui ne la regarde pas, qui interfère sans y être conviée. N'ont-il pas lu la Bible ? Ne juge pas et tu ne seras pas jugé.

Ce fut au tour de Marc Grand-Romieu de lever son verre dans ma direction.

– Aux pays des aveugles, les borgnes sont rois. Désolé, je sais pas comment ça se dit en latin.

– *Beati monoculi in terra caecorum*, murmura maman machinalement.

Folle ambiance.

Le hurlement d'Adolfo arriva presque comme un soulagement :

– *Trece, trece*, répétait-il, comme possédé, la bave aux lèvres.

Sa mère se signa brièvement et s'adressa à Pierre.

Il nous traduisit, voix faussement rigolarde :

– Elle dit que son fils a compté : nous sommes treize à table. Dans leur pays, on rigole pas avec ça. L'un d'entre nous doit mourir. Le plus jeune. Ou alors, le cœur le plus pur.

Germaine, qui se sentit visée, étouffa un cri.

Le vingt-septième jour

> « Le monde est aveugle. Rares sont ceux qui voient. »
>
> Bouddha

Adèle entra dans la salle de bains sans frapper et sautilla jusqu'à moi :

– Ch'suis prête. T'as pas oublié que tu m'emmènes aux jeannettes, mam ?

– Chérie, c'est une plaisanterie, cette tenue ?

– Ben non, c'est tellement trop naze, l'uniforme, on est obligées de customiser un peu. Toutes les filles de ma sizaine font ça.

Je détaillai le massacre de haut en bas : ma fille de onze ans avait donc cousu un écusson Che Guevara sur son béret, échangé son foulard rayé rouge et blanc contre un bandana Hello Kitty, ajouté une tête de mort à l'insigne de sa troupe – un coquelicot –, retroussé sa jupe bleu marine jusqu'à mi-cuisses et échangé ses baskets contre des Converse fuchsia portées sans chaussettes.

– Oh ça va, mamounette, on s'en fout du look. L'essentiel, c'est qu'on ait le bon spirit, non ? Et je connais la devise de la troupe par cœur.

Sans reprendre sa respiration, elle se mit à ânonner :

Une jeannette est toujours propre
Une jeannette est toujours gaie
Une jeannette est toujours active
Une jeannette dit toujours vrai
Une jeannette pense d'abord aux autres
Je promets de faire de mon mieux pour être fidèle à Dieu, à la France, à mes parents, à la Loi de la Ronde, et de faire chaque jour un plaisir à quelqu'un.

« Mon Dieu que c'est tarte », me dis-je *in petto*. Dans quel guêpier confit de cucuterie avais-je fourré ma fille unique ? Je chassai bien vite cette idée mécréante, pensant uniquement aux bienfaits qu'Adèle tirerait de ces longues balades au grand air.

– Je te prends au mot, la puce : fais-moi plaisir, tire sur ta jupe et mets au moins des collants. Tu vas mourir de froid, avec tes petites pattounes toutes nues, en forêt…

– Mais on va pas en forêt, pas avant le printemps, ça caille trop. On va à un concert des Virgin Mary.

– Des quoi, tu dis ?

– Des Virgin Mary, le groupe de catho-rock.

– De… pardon ?

– Catho-rock. Ça existait peut-être pas de ton temps ?

– Euh non, de mon temps, c'était plutôt Queen.

– Queen, comme la reine ? C'était du royalisto-rock ? Parce qu'y en a plein, des royalistes, dans ma sizaine…

– Oh non, Queen, c'était pas trop royaliste comme rock. Plutôt homo-rock. Je pense pas qu'il y en ait des masses dans ta sizaine, des jeannettes qui aient une sexualité déjà affirmée. Remarque, qu'est-ce que j'en sais ? Mais je m'égare. Bon, où est mon sac ? On y va ?

– Mais… t'es sûre que t'es prête, maman ?

Les joues rondes d'Adèle avaient pâli tandis que, pupilles inquiètes, elle fixait sur moi les deux lacs verts de ses grands yeux.

Je jetai un coup d'œil au miroir en pied.

Évidemment. Je n'étais pas au max du glamour, fallait reconnaître.

Vieux pantalon Gap, vieux sweat Gap, vieux tee-shirt Gap, tout vieux, tout Gap. Les cheveux entortillés en un chignon retenu par une pince-crabe en plastique partiellement dévorée par Prout, le visage pas maquillé, des cernes qui me mangeaient les pommettes, les lèvres pâles encadrées de deux parenthèses amères.

Je faisais mon âge, c'est sûr.

Ce qui était moins sûr, c'est si je raffolais de cette idée.

Je tendis la main vers mon tube de fond de teint.

Non, il fallait tenir.

Un instant, je songeai à cette dictature de la jeunesse et de la beauté, à cette pression terrible qu'on met sur les épaules des femmes… ou qu'elles se mettent elles-mêmes, le résultat étant identique. Une course pathétique contre le temps. Un combat perdu d'avance. Et, bien entendu, derrière tout ça, un complot tacite destiné à leur faire dépenser toujours plus. J'hésitai un instant entre la colère et le dégoût.

Mais sur le fond, pas de tergiversation possible : j'avais une sale gueule.

Avant tout, positiver.

– Adèle, tu devrais être contente, j'ai plus l'air d'une baby-sitter, pas vrai ?

– Ah ça c'est sûr, répondit ma fille d'une voix sans gaieté.

Le vingt-huitième jour

> « Ce que vous faites de bien et de mal, vous le faites à vous-même. »
>
> Mahomet

Trouver un pédopsychiatre qui parle espagnol avait été plus facile que convaincre Ramón et Consuelo Pérez Aguilar que l'état de santé mentale de leur fils nécessitait une consultation en urgence.

Mais lorsque Paul était remonté dans sa chambre après le dîner de la veille pour trouver Prout le chien collé à sa porte à la Cyanolit, les pattes en extension, l'affreuse scène qui avait suivi m'avait confortée dans l'idée que, sans appui médical, les semaines qu'il nous restait à vivre avec les Colombiens très méritants allaient être un pur cauchemar.

Je revoyais la scène, digne d'un film d'horreur : Paul, coursant Adolfo, un laguiole à steak à la main, éructant : « Je vais lui montrer, à ce nain putride, ce que c'est que la crucifixion. » Josefina, s'époumonant dans sa saqueboute pour faire diversion. Adèle, sautant à pieds joints avec des cris hystériques : « Vas-y Paulo ! Finis-le au couteau, mon frère ! » Aflição, hurlant des noms de saints portugais totalement inconnus. Ramón et Consuelo, gémissant dans les bras l'un de l'autre, avec une tête résignée qui disait assez qu'une telle scène n'avait rien d'une première dans leur douloureux historique parental.

Moi, beuglant deux tons au-dessus de tout le monde qu'on se calme, le teckel venait de remuer les pattes arrière, il était tout à fait hors de danger, maintenant.

Et Pierre, tout juste sorti de la chambre, le journal du soir à la main, alibi culturel démenti par ses yeux gonflés de sieste postprandiale, lissant son front en murmurant : « Chérie, si tu ne trouves pas un moyen de faire baisser le volume sonore de cette maison, je crois que j'irai lire les vingt prochains exemplaires du *Monde* aux Restos du Cœur. »

Comme toujours, c'est Germaine qui avait trouvé la solution. Le carnet d'adresses de l'aide aux mourants semblait n'avoir pas de fond. Des pédopsychiatres, elle en connaissait une dizaine. Hispanophone en plus ? Qu'à cela ne tienne, en deux coups de fil, l'affaire était dans le sac. À Consuelo, qui me suggéra en anglais d'envoyer plutôt Paul, « *much too agressive for a teenager* », à la consultation, je fis valoir avec une grande dignité que j'avais sûrement mal compris ses propos. Certes, notre aîné collectionnait les couteaux à steak, certes, il venait d'être exclu de son groupe de préparation aux JMJ pour mauvais esprit, mais ce n'était tout de même pas MON fils qui crucifiait les teckels à poil dur sans aucune raison valable, tout de même.

La négociation fut rondement menée. Les Pérez Aguilar devaient passer toute la journée du lendemain à la préfecture afin de compléter une nouvelle fois leur demande de titre de séjour ? Germaine se proposa spontanément pour les représenter auprès du psychiatre en tant que « quasi-membre de la famille ; j'ai eu Adolfo une semaine chez moi, je pourrais en parler des heures ! »

Je décidai sur-le-champ de l'accompagner, méfiante à l'idée qu'une ennemie déclarée de l'enfance soit le seul porte-parole de notre dossier. Le jeune Adolfo avait beau être une plaie, lui laisser une petite chance de ne pas être euthanasié sur un témoignage unique relevait de mon devoir moral.

Le pédopsy semblait échappé d'un téléfilm : poignée de main de bûcheron, forêt de poils sous la blouse, faconde de montreur d'ours. Après avoir parlé seul à seul avec Adolfo, il le fit jouer une demi-heure, c'est-à-dire qu'il le regarda casser la quasi-totalité des jouets en plastique boulonnés au sol de l'aire de jeux de l'hôpital avant de rendre son verdict.

– Eh bien, mesdames, ça me semble clair. Nous sommes en présence d'un très beau cas de TDAH.

– Ah bon, il est pas hyperactif alors, soupirai-je, soulagée.

– Ah si, et plutôt deux fois qu'une. Hyperkinésie, instabilité motrice, désordres cérébraux mineurs, il coche toutes les cases des Troubles du Déficit de l'Attention/Hyperactivité, votre minot, ajouta-t-il, gourmand.

– Comment peut-on l'aider, docteur ?

– Une bonne psychothérapie, un travail de fond avec les parents et, surtout, surtout, un traitement au méthylphénidate.

Hou là. Méfiance.

– C'est pas un médicament genre Ritaline, au moins ?

Le psy me regarda, estomaqué.

– Ben, évidemment que si. Il n'y a que ça qui marche dans des cas pareils.

– Il n'en est pas question, docteur.

Depuis mon accident, j'étais devenue une adepte des médecines douces. Et une adversaire farouche de l'allopathie. Plus un antibiotique n'était entré à la maison et je ne donnais de paracétamol qu'à partir de 38°C de fièvre, privilégiant mésothérapie et massages temporaux aux huiles essentielles. Ce n'était pas d'une efficacité foudroyante mais, au moins, je n'empoisonnais personne. Alors, devoir annoncer aux parents d'Adolfo que je venais de faire prescrire de la Ritaline à leur enfant ? Jamais. J'avais lu un papier sur les pauvres petits Américains hyperactifs que l'on abrutissait de drogues. Des zombies. Il était hors de question que je me rende complice d'une telle brutalité.

– Quand même, Pauline, t'as vu dans quel état il est,

ce gamin ? J'ai connu des gens internés pour moins que ça, plaida Germaine.

Le pédopsy opina, caressant machinalement son torse duveteux :

– Je me permets d'ajouter que, pour moi, ne pas donner de Ritaline à un hyperactif, c'est comme ne pas donner d'insuline à un diabétique. Et que c'est aux parents de cet enfant de décider, pas à vous, chère madame.

« Saligaud. Saligaud probablement inféodé aux grands laboratoires », pensai-je. Mais je restai calme. Classe.

– En effet, c'est aux parents d'Adolfo de décider. Mais rien ne m'interdit de leur donner mon avis, et je ne me priverai pas de le faire.

Après avoir raccompagné Germaine chez elle, je regagnai mes pénates, Adolfo sous un bras, une ordonnance de Ritaline sous l'autre. Au moment de la remettre aux Pérez Aguilar, j'eus un instant d'hésitation. Il y avait peut-être une chose à tenter avant de passer aux armes de destruction massive. Je rangeai donc le papier dans mon sac et demandai à Pierre de traduire à Consuelo :

– Rien de grave. Le docteur a prescrit de l'homéopathie pour commencer. J'ai pris sur moi de vous acheter des granules de Camomilla et d'Argentum nitricum à la pharmacie. Rassurez-vous, j'ai vu sur internet que ça avait été testé avec succès sur les pitbulls, ça devrait suffire.

Cette nuit-là, je m'endormis avec le sentiment bien doux du devoir accompli. Un mois plus tôt, je n'aurais jamais pu imaginer combien aider son prochain pouvait être un exercice gratifiant.

Le vingt-neuvième jour

> « Rester en colère, c'est comme saisir un charbon ardent avec l'intention de le jeter sur quelqu'un ; c'est vous qui vous brûlez. »
>
> Bouddha

Comme chaque semaine, le kiosquier de la place de la Bourse me tendit un exemplaire de *Modelle* sans même que j'aie eu besoin de le lui demander. Comme chaque semaine, il fit mine de le glisser dans *Le Revenu français*, ha ha ha, cette bonne blague.

Bien sûr, en tant que salariée, j'aurais pu bénéficier d'un abonnement gratuit, mais j'aimais bien l'idée de sortir acheter « mon » journal. Et puis, en faisant gonfler les ventes, numéro après numéro, je pensais aussi un peu à la prime d'intéressement sur les bénéfices que nous recevions les années fastes.

Je jetai un œil à la couverture et réprimai un sourire : le visage de Paris Hilton était barré des mots : « José Bové comme vous ne l'avez jamais vu ».

J'étais souvent estomaquée par la façon dont on

choisissait les titres de une : comme la plupart des journalistes, je râlais de voir un article à l'angle longuement chiadé ou une enquête transversale plutôt sioux résumés en trois mots « Couple : du nouveau » ! Un jour, pour tenter de comprendre comment fonctionnait cette machine à broyer les idées subtiles, je m'incrustai à la réunion « accroches de couve ». Pendant deux heures, j'avais essayé d'aider mes consœurs à trouver des titres à la fois courts, clairs, drôles et alléchants. Le papier principal du numéro était une enquête sur les nouveautés santé et beauté en matière de régimes. Après des discussions sans fin (« Fine de partout sauf du cerveau » ? Trop macho. « La diète qui fait grossir votre potentiel de séduction » ? Trop tordu. « Mince si je veux » ? Trop déjà fait, etc.) c'est moi qui avais trouvé l'idée géniale : « Et si on titrait *Spécial maigrir* ? » avais-je lancé, triomphale. Voilà, la preuve était faite que savoir « accrocher » un magazine féminin était un métier à part entière, un métier auquel je n'avais pas la moindre plus-value à apporter.

En cette matinée glaciale et radieuse, tout à ma joie de constater que mon papier avait eu les honneurs de la couve, je ne m'inquiétai pas de la réaction de l'ancien leader de la Confédération paysanne à se découvrir assimilé à une pétasse états-unienne, fille d'un magnat de l'hôtellerie de surcroît. Pour moi, ce retour en une signifiait simplement que la nouvelle POP était adoubée par sa direction bicéphale, ce qui était déjà un progrès considérable ! Je m'installai au Balto devant une camomille – j'avais arrêté le déca, probablement mauvais pour la tension nerveuse, même lorsqu'il est estampillé « commerce équitable », hélas ! – et commençai à lire le magazine depuis le début, savourant les rubriques page après page, repoussant le plaisir de découvrir « mon » José Bové maquetté, premier d'une longue série d'articles « enrichis en sens et en bienveillance ».

Un bref instant, je pensai même que je rendais là un fier service au magazine *Modelle*, avant de chasser cette idée pleine de morgue. Non. Surtout, ne pas s'enorgueillir. Ne pas m'imaginer au-dessus des autres. Je menais ma croisade contre moi-même, pas contre mon journal. Donner l'exemple, ça oui. Le militantisme, comme le prosélytisme… jamais. La très belle citation de René Char : « Impose ta chance, serre ton bonheur et va vers ton risque. À te regarder ils s'habitueront » me traversa l'esprit avant que je me souvienne où je l'avais lue : en exergue de *J6M.com*, les Mémoires de Jean-Marie Messier parus un an avant sa chute. Ce qui me calma tout net.

Je finis de lire un article de trois pages sur la meilleure façon de porter ses ceintures en 2006 (réponse : à la taille. Ou sur les hanches, c'est selon) puis, légèrement tremblante, ouvris la double qui suivait.

C'était ça.

Je vis.

Je lus le chapô.

Je commandai un cognac.

Trois quarts d'heure plus tard, j'entrai sans frapper dans le bureau des chefs. Ni le long trajet en métro ni des exercices de respiration inspirés du yoga tantrique n'avaient réussi à faire redescendre mon rythme cardiaque.

Je fis comme dans les téléfilms. Je laissai tomber le *Modelle* sur la table en grinçant, menaçante :

– C'est quoi ce… cette merde ?

Raph éclata de rire sans lever les yeux de son ordinateur tandis que Mimi, toujours au téléphone, secoua la tête dans ma direction en caressant son sautoir, signe qu'elle était dans d'excellentes dispositions. C'était l'évidence : ma direction bicéphale pensait que je plaisantais. Quoi de plus normal, au fond ? Depuis plus de dix ans, la fonction intrinsèque de POP n'était-elle pas de produire de la vanne, huit heures par jour, trois cents jours par an ? Et qui d'autre que moi était responsable de ce consternant constat ? J'eus, à cet instant, une rafale de pensées profondes où il était question de pierrot triste au fond de teint sillonné de larmes, d'enfant bossu moqué par les grands, d'ours jongleur aux yeux crevés. Je m'arrêtai net lorsque se formulèrent les mots : « N'ai-je pas moi-même tissé le hidjab de drôlerie derrière lequel je me suis toujours dissimulée ? » Hou là. Tout doux bijou. Dans un sursaut de lucidité, je conclus qu'il était temps d'arrêter de réfléchir.

La bonne humeur de ma direction bicéphale acheva de doucher ma hargne. En attendant qu'elles finissent, qui son coup de fil, qui son échange de mails, je récupérai mon exemplaire du magazine et rejoignis le canapé d'angle. À cet instant, je n'étais plus en colère. Juste effondrée.

Ainsi, quelqu'un, à cet étage, avait eu l'idée brillante d'illustrer mon article d'une photo retouchée de José Bové, les mains jointes à la palette graphique, le bonnet en grosse laine surmonté d'une auréole.

Ainsi, les filles de l'éditing avait pris l'initiative, sans m'en parler, de « traduire » mon article. Leur chapô disait : « Pauline Orman-Perrin nous revient en pleine forme ! Mais la rédaction en chef de *Modelle* vous met en garde : son portrait de José Bové, à mi-chemin entre hagiographie sous acide et louanges d'une perfidie rare, n'engage qu'elle ! Après le fauchage des OGM, le massacre de la POP sera-t-il la prochaine croisade médiatique du leader paysan ? Suspense ! Un portrait à lire au troisième degré, en tout cas ! »

Ainsi, tout mon travail journalistique d'empathie, d'ouverture bienveillante à l'autre, de compréhension globale du prochain, d'amour universel, n'ayons pas peur des mots, avait été réduit à néant par quelques lignes sardoniques.

Et le résultat était sous mes yeux, comme sous ceux de milliers de lecteurs en cet instant précis.

La nouvelle POP était tout simplement pire que l'ancienne.

Raph semblait lire dans mes pensées.

– T'as l'air contrariée, biquette. C'est le chapô ? Écoute, on a voulu te faire la surprise, je me doute que tu aurais préféré que le papier sorte sans mise en garde. Mais imagine qu'une lectrice, une seule, ne pige pas ton décalage poilant et prenne ça au premier degré, c'est un coup à se désabonner tout de suite, un tel fatras de bons sentiments, non ?

Dans mon cerveau, un processeur surpuissant se mit en marche. Petit à petit, l'envie de leur dire la vérité, pour Karl et moi, envahit toute ma boîte crânienne. Et si c'était la seule, l'ultime solution ?

Non. Elles ne comprenaient pas. Elles ne comprendraient jamais. Je regardai leur bureau. Petit mot aimable de la main de Brad Pitt aimanté à la cloison, portrait du prince Charles photoshoppé en collants résille, invitation au « vernissage » d'un magasin de lingerie, pot à crayons Hello Kitty, ordinateur rose vif, images pieuses de Vanessa Seward, nouvelle styliste d'Azzaro, LA sensation fashion du moment, encadrés à côté des photos de leurs enfants…

Aucun de mes arguments ne pourrait convaincre ces militantes de la futilité. Aux fines silhouettes de mes rédactrices en chef se superposa l'image de deux veaux d'or montés sur sabots Jimmy Choo, un anneau Mimioui de chez Dior Joaillerie fiché dans chaque narine.

Pour faire passer mon message, il faudrait un électrochoc.

Je souris bien large à Raph :

– Non, non, t'inquiète. Le chapô est très bien, je rigolais. Tu me connais, décalage décalage. Puisque vous êtes contentes de ce papier, je peux vous demander une super faveur ? Tu sais ce qui me ferait plaisir ? Je voudrais faire l'édito de la semaine prochaine.

Ma bienveillante direction bicéphale accueillit cette proposition avec enthousiasme.

Le trentième jour

> « – Votre spiritualité vous la définiriez comment ?
> – Oh ! elle est très simple, elle est faite de oui de non [blanc], *oh look at that girl.* »
>
> J.-C. Van Damme

Ni la pluie martelant les flancs sales du train Corail, ni Joan Baez hululant tristement dans mon iPod, ni l'urbanisme dépressif de l'agglomération dunkerquoise défilant depuis quarante minutes en ce petit matin glacial n'étaient de taille à doucher mon enthousiasme.

Sans Germaine Criquet, qui sait combien de temps j'aurais dû patienter avant d'avoir la chance d'assister au fameux « stage de lâcher-prise en baie de Somme » organisé par « les compagnons de BoudDhieu » ? En moins de dix-huit mois d'existence, la jeune association avait réussi à se tailler une réputation d'excellence, et les listes d'attente couraient désormais jusqu'à mi-2007. À côté de moi, mine gourmande, Germaine relisait la brochure à voix haute, comme pour l'apprendre par cœur : « Œcuménisme et tolérance sont les maîtres mots des compagnons de BoudDhieu : laissez votre portefeuille mais venez avec votre cœur… votre âme suivra », précisait le mot d'accueil du président, frère M. Tich Nahn.

– Je suis bien contente de cette virée avec toi, ma petite Pauline. Tu as bien fait de me convaincre de t'accompagner. Depuis le temps que je rêvais de découvrir la côte picarde ! Quel dommage que ta maman n'ait pas voulu venir. Elle semble préoccupée, la pauvre, conclut-elle d'une voix contrariée en attaquant son deuxième Kinder Bueno de la matinée.

L'aide aux mourants avait également tenu à m'accompagner pour m'aider à cocher une des dernières lignes de mon planning « quête de sens » : « Rapprochement avec responsables d'Églises d'obédiences diverses afin de m'enrichir spirituellement ». En deux jours, grâce à ce programme œcuménique, l'affaire serait dans le sac.

J'avais connu l'association grâce à mes confrères de la presse news magazine, qui multipliaient les papiers élogieux sur cette « alternative intelligente et sans danger – les compagnons de BoudDhieu n'ont rien d'une secte ! – aux religions traditionnelles. Ici, Confucius, Dieu, Bouddha, Jéhovah et Allah se donnent la main ». Et ils n'étaient pas les seuls : on murmurait qu'il n'était pas rare que Jean Daniel du *Nouvel Observateur*, Denis Jeambar de *L'Express* ou Franz-Olivier Giesbert du *Point* lancent de concert des rondes folles lors de stages de pensée positive. Mais j'étais la première représentante du magazine *Modelle*, m'avait-on dit en souriant lors de mon inscription. Réprimant un sourire, je me figurai un instant ma direction bicéphale, toute de Dolce & Gabbana vêtue, roulant vers la Picardie dans un train Corail afin de partager le thé au beurre de yack avec des exégètes du Coran.

À notre arrivée à la gare de Bouillard-sur-Somme, nous nous dirigeâmes vers la pancarte de l'association – représentant les symboles des quatre grandes religions, croix, lune, croissant, étoile superposés, analysa Germaine, et non le virus de la grippe aviaire, comme je l'avais d'abord pensé – brandie avec vigueur par une petite femme très ronde et très blonde.

– Bonjour, je suis sœur Fuong-Oji, ça signifie « bambou de la tolérance », exulta-t-elle avec la voix sucrée d'une animatrice du loto.

Nous emboîtâmes le pas à nos dix compagnons de stage, six hommes et quatre femmes, la quarantaine épuisée, et grimpâmes dans le minibus. Deux zones industrielles paysagées plus tard, nous arrivâmes à la BoudDhieusière, ainsi que l'association avait rebaptisé en un clin d'œil le château de Conlon, sévère bâtisse du XVIe siècle idéalement située à moins de cinq cents mètres du plus grand centre commercial de la baie de Somme.

En haut du perron de pierre, frère M. Tich Nahn en personne nous attendait. Quelle surprise de découvrir l'auteur de *Dieu est ton ami* sous les traits de ce solide gaillard, sosie de l'animateur Cauet. Avec un fort accent picard, il nous enjoignit à l'appeler Maurice, comme tout le monde, et nous montra nos dortoirs – mixtes, « Chez nous l'œcuménisme est à prendre au sens large », sourit-il, bonhomme.

La journée passa comme un rêve.

Notre premier geste fut de choisir nos ateliers pour le week-end. Sœur Fuong-Oji me conseilla d'attaquer par une séance de méditation marchée, idéale pour mettre la débutante que j'étais dans des conditions optimales au « lâcher-prise ». Pour le lendemain, elle m'aiguilla vers la table ronde la plus courue du stage « Quête de sens : la réponse dans les Béatitudes ? » (« Notre best-seller, si tant est que cette expression ait un sens : nous n'avons rien à vendre, tout à partager », précisa-t-elle en ouvrant les bras.) À Germaine, qui expliqua brièvement son métier, la sœur conseilla plutôt une autre activité que la méditation marchée :

– L'accompagnement des mourants est déjà, en soi, une formidable école de lâcher-prise, n'est-ce pas ?

La duègne opta pour une conférence « Découverte du Coran » le samedi (« ça pourra être très utile, ma petite Pauline, avec le vieillissement de population, nous avons de plus en plus d'immigrés de la première génération aux soins palliatifs, des gens adorables, discrets, d'une tenue admirable ») et un atelier « Christianisme et bouddhisme, quels ponts possibles ? » le lendemain.

Je rentrai de ma première activité sur les rotules. Je veux dire littéralement sur les rotules, en traînant les pieds afin de faire porter le poids de mon corps sur mes chevilles, et non sur mes talons durcis par le froid et les cals. Je pensais bien que le concept de « méditation marchée » imposait que je me déplace à pied, mais à ce point, non.

Pas tout autour de la baie de Somme.

Pas six heures d'affilée.

Pas sous la pluie verglacée qui rentrait partout, de biais, jusque dans les muqueuses des narines et de la bouche. Car, pour les compagnons de BoudDhieu, une bonne méditation se fait à voix haute, sans s'arrêter de marcher, bien au contraire, dès que sonne la clochette du guide. Soit toutes les quatre minutes environ, plus lorsque frère Ahmed entrait en transe de joie, tout à son introspection, et que, nous méprenant sur la raison du tintement du grelot pendu à son cou, l'un d'entre nous lançait quelque mantra à la cantonade.

Pas avec cette peur au ventre de dire une énormité lorsque mon tour venait de lancer une piste de méditation : les autres stagiaires, bien plus avancés spirituellement, connaissaient des tas de formules en hébreu ou en tibétain que tous reprenaient à voix haute. Ma propre réserve de dictons vite épuisée (« Une cervelle oisive est l'atelier du diable », « Si on te donne, prends. Si on te prend, crie ! », etc.), j'avais été obligée d'improviser. Je n'oublierai jamais le silence interloqué qui suivit ma citation : « Euh… comme disait sœur Sharon Stone : “Le meilleur amant ? Ce doit être une femme avec un pénis.” »

Petit à petit, pourtant, la magie de cette expérience totalement inédite pour moi opéra.

De retour au château, j'étais éblouie. Éblouie au sens propre, là encore, car l'humidité du climat picard avait pénétré jusqu'à ma rétine, sur laquelle dansaient de petites étoiles, croix et lunes résolument œcuméniques.

À 19 h 30, on sonna le gong pour le dîner en silence, un des rituels les plus célébrés de la BoudDhieusière. On y échange non des mots mais des sensations, des émotions : seul le silence permet de se remémorer l'interdépendance de toutes les molécules présentes dans nos assiettes et de remercier le ciel, la terre, l'air et le feu de nous offrir le carburant nécessaire à faire avancer nos enveloppes charnelles, nous expliqua frère Mathieu.

Je mangeai donc mon gratin de choux de Bruxelles issus du potager du château et ma paire de Knacki directement récoltée au centre commercial voisin (« Tout fruit du travail de l'humain mérite notre respect » était une des devises de l'association) en rendant grâces à cette nourriture qui, à défaut d'être succulente, s'harmonisait si bien avec les cellules exsangues de mon estomac vide. À demi aveuglée, ivre de fatigue, je déclinai la proposition de sœur Fuong-Oji de participer à la soirée dansante à thème (« Prophètes et seventies »). Avant de filer au dortoir, j'eus juste le temps d'apercevoir Germaine, visiblement ravie de son atelier Coran, qui faisait la chenille avec les autres filles du stage en scandant « Ma-ma-ma-ma-mahomet » sur l'air de *Ma-ry-lène* des Martin Circus.

Je ne me formalisai pas de la présence de Gérard, un stagiaire à l'hygiène alternative, dans le lit d'à côté. Je n'eus même pas le temps de compter jusqu'à la fin la Sainte Trinité et je m'endormis dans mon sac de couchage comme on s'évanouit.

J'avais lâché prise. Pour de bon.

Le trente et unième jour

> « Puisque la montagne ne vient pas à nous, allons à la montagne. »
>
> Mahomet

Fulgurant. J'avais beau chercher un adjectif moins galvaudé, « fulgurant » était le seul qui convienne, après avoir écouté frère Maurice Tich Nahn commenter pendant plus de trois heures le Sermon sur la montagne du Christ, tel que rapporté dans S. Matthieu, V, 1 à 12, et S. Luc, VI, 20 à 26.

Pour les avoir entendus au caté lorsque j'étais petite fille, je me souvenais vaguement de ces Évangiles dans lesquels les mots « Bienheureux ceux qui » revenaient sans arrêt, immédiatement contrebalancés par une série de « Malheur à vous » menaçant des pires sévices toute une catégorie de population dans laquelle, malgré mon jeune âge, je m'étais immédiatement reconnue. « Malheur à ceux qui se réjouissent des biens d'ici-bas... » « Malheur aux nantis... » « Malheur aux repus... » Tout ça, c'était moi, à douze ans, déjà gâtée, déjà foutue. Et je me souvenais aussi que les « bienheureux », dépeints comme pauvres, humiliés et maltraités tout au long du texte, n'avaient suscité en moi qu'une admiration distante. Tout bien pesé, j'avais conclu que le sort le moins déprimant était peut-être celui des futurs maudits et mis rapidement un terme à ma carrière de catholique exemplaire en refusant de faire ma profession de foi.

Près de trente ans plus tard, entendre les mêmes Évangiles commentés par un homme lumineux d'intelligence était un électrochoc. Analysée par frère Maurice, la parole du Christ n'était plus destinée à épouvanter les esprits simples, mais bien à ouvrir le cœur des hommes, croyants ou non, vers un avenir meilleur. Les versets divins devaient être compris non comme des injonctions mais comme une série de paradoxes formant au final un mode d'emploi pour la béatitude éternelle, rien de moins. Et pour frère Maurice, la « béatitude éternelle », ça commençait ici et maintenant : « Faire le bien est un immense bonheur, pourquoi s'en priver ? » disait-il en caressant les épaules de sœur Fuong-Oji. Une autre chose me frappa ce jour-là : plus il parlait, plus frère M. Tich Nahn s'éclairait. Au fil de son discours, c'était comme si une ampoule à luminosité croissante s'était allumée sous son crâne. Il clignotait. Je ne me souvenais pas d'avoir trouvé un tel charisme à quiconque depuis le jour où j'avais assisté à une conférence de presse de Tom Cruise ; lorsque l'acteur nous avait annoncé la grossesse de sa future femme, ses dents lançaient des petits éclairs tout pareils. C'était saisissant, bouleversant, enthousiasmant. Inquiétant aussi ? Non, je ne trouvais pas.

Germaine avait une explication à ce phénomène, guère convaincante à mon sens.

À la pause-tisane, l'aide aux mourants m'avait mise en garde contre les cigarettes un peu bizarres qui circulaient dans le château depuis 7 heures du matin, mais je ne voyais pas comment dix malheureuses taffes – de bidis, à en juger par leur odeur exotique ? suggéra Germaine – auraient pu avoir un tel effet sur moi. Et si c'était le cas, avais-je ajouté en riant, j'en voulais encore. Non, c'était autre chose, de l'ordre du mystique, j'en étais sûre.

Étrangement, je n'ai plus de souvenir précis de la fin de notre stage. Je me souviens juste d'avoir quitté la terre lorsque frère Maurice m'a soulevée dans ses bras en guise d'« adiou hasta paradize », comme disent les compagnons du BoudDhieu lorsqu'ils se séparent. Du trajet en car où nous chantâmes de concert des ballades en hébreu, de la dernière cigarette fumée sur le quai avec les autres stagiaires, de ma promesse solennelle de me convertir aux trois grandes religions monothéistes, faisant fi du non-cumul habituellement recommandé. Rien, si ce n'est le récit que m'en fit Germaine le lendemain.

C'est une fois dans le train Corail que la transe a commencé.

Germaine, en pleine relecture de ses notes sur les ponts reliant bouddhisme et christianisme, leva les yeux en constatant que ma tête, prise de tremblements, rebondissait contre la vitre où j'avais posé mon front. Je la rassurai d'un geste.

– Tout est clair, Germaine. Les béatitudes. Vous avez du papier et un crayon ? Quelqu'un, là-haut, est en train de me dicter quelque chose.

Et, comme en écriture automatique, en moins de dix minutes, entre Dunkerque et Ponthieu-sur-Somme, le texte suivant jaillit sous mes doigts :

Bienheureuses celles qui n'achètent que ce dont elles ont besoin !

Bienheureuses celles qui donnent sans compter aux pauvres et non aux magasins de lingerie !

Bienheureuses celles qui ne savent même pas qui est le mari de Kate Moss, car elles ont de la place dans leur tête pour des choses utiles !

Bienheureuses celles qui font leur âge parce qu'elles ne ressembleront jamais à de vieilles poupées pathétiques !

Bienheureuses les grosses car elles n'ont jamais faim !

Bienheureuses celles qui ont une coupe de cheveux démodée car le carré aux épaules reviendra, tôt ou tard !

Bienheureuses les moches car elles n'aguicheront pas l'homme de leur prochaine !

Bienheureuses celles qui sont persécutées à cause de leur mauvais look car au royaume des cieux y a zéro brigade de la mode !

Mais malheur à vous les super sapées, les canons, les bombes, les femmes gâtées parce que vous aurez déjà reçu votre récompense sur la terre !

Malheur à celles qui s'affament pour rentrer dans du 38 parce qu'elles connaîtront la faim, la vraie, pour l'éternité !

Malheur à celles qui connaissent mieux la vie privée des stars que les chagrins de leur voisine de palier car elles seront dans le deuil et dans les larmes !

Malheur à celles qui sont désagréables avec leur mari dans le seul but de faire régner la terreur au foyer !

Malheur à celles qui ne voient la vie que par le prisme des tendances, ces faux prophètes !

Mais à vous qui me lisez je dis : Aimez vos ennemis, faites du bien à ceux qui vous persécutent, bénissez ceux qui vous maudissent, priez pour ceux qui vous calomnient et surtout, surtout, ne lisez plus de journaux futiles !

Germaine fronça les sourcils et me demanda :

– Et c'est destiné à qui, au juste ?

– C'est le prochain édito de *Modelle*.

L'aide aux mourants se signa avant de me déclarer, troublée :

– Alors là… Même moi, je n'aurais pas été aussi loin. Pauline, t'es sûre que tu fais pas une bêtise ?

– Je fais ce qui doit être fait, répondis-je d'une voix calme.

Le trente-deuxième jour

> « La haine excite les querelles, l'amour couvre toutes les fautes. »
>
> Livre des Proverbes

Dies irae, di-es i-rae… Le jappement furieux du troisième mouvement du K 626 s'éleva dans mon bureau, couvrant sans peine le son de la saqueboute qui s'échappait de la chambre de Paul.

Le testament musical de Mozart avait toujours été le plus fidèle allié de mes pannes d'inspiration. Les autres requiem marchaient aussi, mais moins bien, surtout celui de Fauré, presque trop gai pour me plonger dans l'état de consternation nécessaire à l'écriture de papiers d'humeur. C'était le paradoxe : plus je devais aller dans le primesautier, la légèreté, la dérision, plus il me fallait m'immerger dans un climat sonore de fin du monde. En revanche, je me souvenais d'avoir écrit l'hommage funèbre de ma grand-mère adorée avec Bobby Lapointe en fond sonore. *Ta Katie t'a quitté*. Ta

Mamie t'a quittée. Après, c'était venu tout seul. Bizarre.

Pour l'heure, il me fallait un sujet. Un sujet cent pour cent POP de l'ancienne école. Voyons, nous étions mi-mars : « Plus que quatre mois avant les soldes ; si l'on veut péter nos records de dépenses inutiles, il est temps de s'organiser » ? Impeccable. Une nouvelle fois, Wolfgang avait rempli son office. Je partis bille en tête.

Après avoir recopié le texte écrit la veille dans le train Corail sur mon ordinateur, j'avais très peu de temps pour écrire ce deuxième édito. Celui qui ne paraîtrait jamais. Mais celui qui devait impérativement donner le change auprès de ma direction bicéphale.

Quarante minutes plus tard, j'avais fini. Je relus. Face à des phrases comme : « Sans bottes lamées argent Sergio Rossi à – 40 %, une vie de femme a-t-elle encore du sens ? », je réprimai un haut-le-cœur. Nickel. J'avais pris soin de laisser une aspérité dans le texte pour la suite de mon plan – un tacle contre la maison Christian Saint-Pradi, un de nos principaux annonceurs, que j'accusais de pratiquer des tarifs de « plagiste corse, ou alors de cantine scolaire, une honte en tout cas ». Parfait, Raph ou Mimi me demanderait à coup sûr de passer au journal pour adoucir la métaphore directement sur la maquette et le tour serait joué.

J'envoyai le texte par mail et attendis.

11 h 30.

Midi.

Midi et demi.

Une heure moins cinq.

Toujours rien.

Voyons. Le journal bouclait officiellement ses dernières pages à la mi-journée. Cela signifiait que les textes partiraient à l'imprimerie vers 17 heures. Était-il possible que ma direction bicéphale ait envoyé l'édito sans le relire ? Par miracle, Mimi décrocha son téléphone :

– Salut ma POP, merci pour le papier, c'est parti, nickel.

– Ah, t'es sûre que t'as pas besoin que je repasse ? Parce que j'ai relu et je me dis que c'est quand même un peu violent contre Christian Saint-Pradi ?

– C'est vrai, et je vais te dire une bonne chose : je suis ravie. Notre politique a toujours été de travailler en bonne intelligence avec nos annonceurs, chacun respectant le territoire de l'autre, mais là j'ai reçu un coup de fil du patron du groupe LPVPRH la semaine dernière pour m'insulter parce que la mannequin de couve du n° 2672 portait la dernière montre du groupe PVMLH et pas la leur ! J'ai bien essayé de leur expliquer qu'ils n'ont qu'à fabriquer des trucs un peu moins immondes s'ils veulent des parutions – c'est vrai ça, c'est quand même pas ma faute si le bracelet de leur dernière montre ressemble à un gros intestin –, mais il a continué à me traiter de tout. Donc, le pacte de bonne intelligence est momentanément brisé et je suis ravie de le leur faire savoir.

– T'es sûre que tu vas bien ? Tu vas pas regretter ? Tu veux vraiment pas que je passe « repouéter » le texte sur la maquette ?

– Naaan ! Je te jure, ton édito arrive pile-poil.

J'avais d'abord envisagé une couve avec une fille qui brandit son majeur devant les dernier sacs de chaque groupe, mais c'était pas top glam, faut reconnaître. Donc ton texte, c'est parfait, ça peut pas mieux tomber.

Oh non. Si la direction de *Modelle* se mettait à repousser les limites de la déontologie journalistique, où allions-nous ?

Je regardai la pendule. 13 h 15. J'avais encore une petite chance de rattraper le coup. J'attrapai le foulard des jeannettes d'Adèle dans l'entrée, une paire de lunettes noires, collai ma clé USB dans mon sac et partis en courant vers mon destin.

Quarante-cinq minutes. Je n'avais que trois quarts d'heure avant la fin de la pause-déjeuner pour rejoindre Suresnes depuis le centre de Paris, me faufiler au cinquième étage de notre tour de verre et d'acier sans éveiller les soupçons – une rédactrice du magazine, venir au journal un jour de bouclage, quand le risque de devoir rewriter un papier en catastrophe est le plus élevé ? Impossible – et accomplir mon « forfait ». Dans ma tête aussi, ce dernier mot était entre guillemets, tant je sentais que ce que je m'apprêtais à faire était Utile, Noble et Beau.

Trente-huit minutes plus tard, je poussai la porte du secrétariat de rédaction, mon bandana bien bas sur le front, sans avoir croisé personne de ma connaissance. Une très jeune personne à physique de stagiaire avait bien levé le sourcil en me voyant entrer dans l'ascenseur, mais je lui avais finement murmuré « *Guten*

Tag » afin d'égarer définitivement son cerveau tout neuf.

J'enlevai mes lunettes de soleil. Les douze postes de travail du SR étaient vides. Personne n'avait ressenti le besoin d'échapper au céleri rémoulade et aux frites molles estampillées Sodexho pour grignoter un sandwich devant son écran, et pour cause : c'était jour de pizza au feu de bois à la cantine. J'y vis un coup de pouce divin et envoyai un baiser à Karl du bout des doigts avant de me mettre au travail.

L'ordinateur de Marie-Jo, la chef de service, au centre de la marguerite, était facile à repérer. Je fis défiler les programmes sur l'écran d'accueil. *Damned.* Je ne trouvai même pas le mot « édito ». Ça devait être sous une autre entrée. Dans le couloir, des pas s'arrêtèrent devant la porte et hésitèrent avant d'entrer.

Je me jetai sous le bureau.

J'entendis un grincement, quelqu'un entra, respira, puis on referma la porte. Ce devait être Lili, des pages « santé », qui cherchait une clope. Ça signifiait donc qu'en bas, on devait en être au stade machine à café. Le temps que les sans-sucre lèvent le doigt, que les long-sucré trouvent des touillettes en plastique, et la horde allait remonter au cinquième.

Il fallait faire vite.

J'essayai plusieurs codes : « *Modelle* vous dit tout », nom officiel de la rubrique. Rien. « Page 3 ». Toujours rien. Je fermai les yeux à en voir des étoiles pour mieux me concentrer. Voyons, Marie-Jo avait un sens de l'humour aussi solide que sa culture classique…

Je tentai : « *Ite missa est.* »

Bingo, mon faux édito s'afficha sur l'écran. Dans la colonne des papiers « vendus », c'est-à-dire mis en forme, maquettés et avalisés par la direction, de surcroît. Cela signifiait que plus personne ne relirait cette page avant qu'elle ne file dans les rotatives surpuissantes du groupe Clochette. Et une fois les trois cent mille exemplaires de *Modelle* imprimés, il serait impossible de faire marche arrière.

Je glissai ma clé USB sur le côté de l'ordinateur et échangeai les textes. Mon édito « Les nouvelles béatitudes » remplaça celui sur les soldes.

Mes gestes, fébriles au début, se firent calmes et précis : j'eus soudain l'impression que quelque chose de grand était en marche. De grave, aussi. Mais qu'importe ; si ce texte pouvait convaincre une lectrice, une seule, l'aider à se sentir mieux, à trouver sa voie, je serais déjà pleinement récompensée des risques que je courais désormais.

Je sortis sans hâte et disparus à l'angle du couloir au moment où les piaillements caractéristiques du retour de pause-déjeuner commençaient à se rapprocher.

Je ne croisai toujours personne en regagnant les ascenseurs de l'aile B, de l'autre côté du bâtiment. Mieux : j'eus l'impression de flotter sur les dalles de moquette, portée par des anges.

Le trente-troisième jour

> « De celui qui dans la bataille a vaincu mille milliers d'hommes et de celui qui s'est vaincu lui-même, c'est ce dernier qui est le plus grand vainqueur. »
>
> Bouddha

On dit souvent que, tôt ou tard, vient le moment où nos parents deviennent nos enfants. Les rôles s'échangeraient petit à petit, comme si deux générations à l'âge adulte, dans une même famille, c'était trop. Les années passant, nous adopterions tous, à l'égard de nos géniteurs, un regard protecteur et un rien condescendant, tandis qu'eux sentiraient le besoin d'être portés, entourés, protégés par leur progéniture devenue grande.

En raccrochant de ce long coup de téléphone avec maman, je me fis la réflexion que la sagesse populaire avait raison. J'avais juste fait mauvaise pioche. L'enfant parental dont je venais d'hériter n'avait pas six ans, mais quinze. Pas de bol. Marie-Annick Orman, ma mère, venait d'entrer avec fracas dans l'adolescence.

Son regard extasié à la sortie de Fleury-Mérogis l'autre jour ne me disait rien de bon. Le discours de groupie butée qu'elle venait de me tenir était tout simplement terrifiant.

Bien sûr, elle avait revu Momo, vingt-neuf ans, « injustement condamné à dix ans de prison pour le vol d'une voiture affreuse auquel il n'avait strictement rien à voir ».

Eh bien voilà, ils s'aimaient. La révélation avait eu lieu vingt-quatre heures plus tôt, soit sept jours après leur première rencontre. « Je ne te cache pas que j'ai eu le coup de foudre au premier regard, ma chérie, mais j'étais pas sûre que ce soit réciproque. Hier, j'ai eu droit à une déclaration sans équivoque. Momo est fou de moi. C'est pas sensationnel ? »

Sensationnel. Et dire que je n'avais rien fait pour empêcher ça !

C'est vrai, j'aurais dû accompagner ma mère hier à Fleury-Mérogis pour rendre visite à Marie-Ange Leprieur, comme je m'y étais engagée pour les 988 prochains lundis de ma vie. Mais, compte tenu de l'actualité brûlante de la veille, j'avais dû demander à Germaine de me remplacer au parloir. Impossible de savoir précisément ce que l'aide aux mourants avait dit à maman sur le chemin du retour, mais le résultat était là. À soixante-deux ans, Marie-Annick était persuadée d'avoir retrouvé l'amour, le vrai.

Un quart d'heure après avoir raccroché, je m'entendais encore engager maman à « donner du temps au temps », à « se demander si ses sentiments auraient été les mêmes dans un autre contexte », et à « ne pas s'emballer avant d'avoir eu des renseignement précis et fiables sur ce garçon ». Un discours de très vieille dame que même ma grand-mère ne m'avait pas tenu lorsque j'étais tombée amoureuse d'un vendeur de chichis rencontré à Sanary-sur-Mer durant l'été 1983.

La réponse de maman à mes injonctions à la prudence avait été lapidaire : « Ma fille, tu peux pas comprendre. » Et de circonstance, compte tenu du fait qu'elle avait quinze ans. Et moi, comme une vraie mère d'ado, j'étais là, oscillant entre la joie de la sentir transportée de bonheur et l'inquiétude d'une déception probable !

En sortant de ma chambre, je pensais être au max de la contrariété. Même le silence de l'appartement – c'était le jour béni où Josefina emmenait à la fois sa saqueboute et son petit frère au conservatoire du quartier – n'était que d'un maigre réconfort.

C'est alors que je vis, abandonné en tas aléatoires, le contenu d'une machine de linge humide sur le sol du couloir. Des petits paquets de laine, vraisemblablement des cachemires de la meilleure facture dans une vie antérieure, sur lesquels Prout s'activait, toutes canines dehors. Notre teckel était un habitué de ces razzias sur la machine à laver : il adorait, de son long museau hérissé comme une brosse à biberons, retirer délicatement les affaires juste essorées pour les customiser à coups de bave, de dents et de violents assauts pelviens. La consigne était donc stricte : ne jamais laisser le hublot de la machine entrouvert. Qui pouvait bien être l'auteur de cet oubli coupable ? Aflição ? Non, elle avait beau avoir la tête ailleurs ces derniers temps, je ne la voyais pas transgresser la règle nº 1 de la maison. Pierre ? Non, il ne savait pas où était la machine à laver. Nos enfants ? Non, ils étaient prêts à tout pour protéger Prout de mon courroux. Ça ne pouvait être que l'un des Colombiens très méritants, probablement cette petite saleté d'Adolfo, pauvre gamin, vicelard avec ça.

Tout à ma contrariété, je pris le chien par la peau du cou et l'entraînai vers le placard où nous le mettions en pénitence en cas de gros dégâts, soit six fois par semaine environ. Je ne pensai même pas à frapper à la porte du salon avant d'entrer.

La pénombre inhabituelle de la pièce, dans laquelle on pouvait toutefois distinguer deux formes sombres allongées sur le canapé, aurait dû m'alerter. Mais c'est aux petits bruits de chairs humides que je compris.

Je lâchai Prout de confusion.

Ramón se redressa et masqua la nudité de son épouse avec mon meilleur plaid en fausse fourrure. « Berk », pensai-je, avant de regretter ce réflexe de petite-bourgeoise obsédée par l'hygiène. N'y avait-il pas quelque chose de prodigieux, d'inespéré, de miraculeux, à constater que ce couple en exil avait réussi coûte que coûte, malgré les épreuves et les privations, à maintenir une sexualité tonique ?

– *Lo siento*, Pauline, dit le réfugié très méritant d'une voix tremblante.

– C'est moi qui *lo siento mucho*, Ramón. *So sorry*, je croyais que Consuelo était à la préfectoura *para el* dossier d'*immigracione*.

Le Colombien hésita un instant avant de murmurer, tout doucement :

– *Pero... Consuelo está a la prefectura*, Pauline.

Un dixième de seconde, je ne compris plus rien. La forme allongée sur le canapé se redressa alors et, étouffée par le plaid, me parvint une voix familière.

– Yé tellement honta, si tou savé.

Aflição.

Caramba.

Le trente-quatrième jour

> « Écoutez donc ceci, peuple stupide et irréfléchi : avec leurs yeux ils ne voient rien, avec leurs oreilles ils n'entendent pas. »
>
> Jérémie

– POP ? Il y a eu un attentat au journal, viens tout de suite.

Débit saccadé, voix métallique, je faillis ne pas reconnaître Mimi au téléphone. Un bref coup d'œil à la pendule : 10 h 45, c'était l'heure où elle arrivait au bureau, elle venait de découvrir le dernier numéro de *Modelle*. Et donc l'édito intitulé « Les nouvelles béatitudes ».

– J'arrive, je suis déjà en route.

Ni demande d'explication, ni commentaire de ma part. La probabilité que Raph et Mimi ne comprennent pas qui était l'auteur de l'édito pirate était mince, mais elle existait bel et bien. En allant à Suresnes, j'entendais clarifier les choses. Assumer mes responsabilités, cela va de soi, mais aussi protéger ma direction bicéphale d'éventuelles sanctions venues de plus haut. Après avoir parlé à mes rédactrices en chef, j'entendais bien filer au huitième étage me constituer prisonnière auprès de la présidence du groupe Clochette.

Le bureau 542 était comme frappé de stupeur. Journalistes, assistantes et stagiaires avaient tous sous les yeux un exemplaire du journal ouvert à la page de l'édito et le relisaient sans fin en secouant la tête. Personne n'avait le cœur à commenter ni à rire. C'est tout juste si l'on remarqua mon arrivée.

Seule Mathilde Bourgoy avait tout de suite compris. Elle me serra longuement dans ses bras et me dit :

– Je ne sais pas pourquoi tu as fait ça, mais il va y avoir du sang. Je t'accompagne chez Raph et Mimi, tu vas avoir besoin d'un bon avocat.

Je déclinai cette proposition généreuse. Sans succès.

– Au nom de notre amitié, POP, n'y va pas seule. Rappelle-toi Emma Beffer, la rédac chef de *Girlie-Mag*, pendant les défilés de septembre 2002 : deux côtes cassées, tout de même, le jour où elle a qualifié le dernier tailleur Chanel de Mimi de « vulgaire copie Promod » devant tout le monde.

Notre direction bicéphale n'était plus qu'un petit tas de vêtements froissés, d'où émergeaient huit membres minces et un paquet bicolore de mèches hirsutes. J'avais déjà vu Raph et Mimi pleurer – en 1998, le jour où Iris de Bouden avait rendu le premier de sa longue série de papiers non parus, un portrait de Catherine Deneuve qualifiant très habilement l'actrice de grosse vache –, mais sangloter ainsi dans les bras l'une de l'autre, jamais. Ça me serra le cœur. Lorsque Raph me lança, bouleversée : « Ma pauvre POP, c'est la fin du monde ! Si tu savais ce qu'ils ont fait à ton édito si courageux sur les soldes ! », une boule de culpabilité gonfla dans ma poitrine. Non. Pas de sensiblerie. Penser aux Actes des apôtres. À Pierre – pas mon mari, le compagnon de Jésus – qui, au matin de la Pentecôte, haranguait la foule : « Ce que vous voyez, c'est ce que le prophète avait annoncé. Dans les derniers jours, dit Dieu, je répandrai mon Esprit sur toute chair, vos fils et vos filles prophétiseront, vos jeunes gens contempleront des visions, et vos vieillards auront des songes » (Actes, II, 16-17). Plus tard, elles comprendraient. Pour l'heure, la rédemption passait par le sacrifice de ma personne.

J'avançai vers Mimi, la poitrine en avant, tel l'agneau pascal prêt à l'immolation, mais c'est elle qui parla en premier :

– On y est pour rien, ma POP, juré. C'est la cata, people, lecteurs et annonceurs appellent tous, les uns derrière les autres, pour se plaindre et, pour une fois, ils ont raison. Il y a eu un échange de textes à l'imprimerie, quelqu'un qui en veut au journal, un féminin concurrent ou, au contraire, un masculin macho militant qui nous hait, on ne sait pas encore, mais je te jure bien qu'il y a des couilles qui vont tomber.

– C'est moi.

Deux syllabes. Dont le sens ne parvint pas jusqu'au cortex épuisé de mes rédactrices en chef.

– Ne cherchez pas. C'est moi qui ai remplacé mon édito par ce texte. Il y a deux jours, dans le bureau de

Marie-Jo : personne n'est au courant, je suis la seule coupable.

Un long silence, puis Raph et Mimi reformèrent une boule et leurs sanglots reprirent de plus belle.

Au bout d'une minute environ, elles se chuchotèrent quelque chose à l'oreille ; enfin Raph leva la tête.

– On va te tuer, POP, on est juste en train de décider qui de nous deux en a le plus envie. Tu nous attends ? Ça ne sera pas long.

Je restai impavide, sans émotion apparente, comme statufiée. Mathilde, elle-même au bord des larmes, décida de voler à mon secours.

– Je vous signale que Pauline sort du coma. C'est normal qu'elle fasse des choses un peu… erratiques. Vous n'auriez jamais dû la laisser reprendre le boulot, elle a besoin d'une expertise psychiatrique.

– Mathilde, c'est POP qui nous a demandé comme un service de la laisser recommencer à écrire, n'inverse pas les rôles.

– C'est vrai, reconnus-je bien volontiers, mais je n'ai pas besoin de psychiatre, je vais très bien. C'est juste que Karl Lagerfeld m'a dicté ce texte dans le train Corail et…

La conversation entre la direction bicéphale et ma meilleure amie continua au-dessus de ma tête, comme si je n'étais pas là.

– Vous l'entendez ? Évidemment qu'elle débloque. C'était à vous, Raph et Mimi, de l'obliger à s'arrêter. Le précédent Sharon Stone, ça vous dit rien, peut-être ?

– …

– Quand elle a eu un accident vasculaire cérébral, il y a cinq ans, vous vous souvenez ? C'est vous qui m'aviez envoyée l'interviewer, pourtant ! Eh bien, pendant son coma, Sharon Stone a eu comme une révélation spirituelle, un truc mystique, super chelou. Dès sa sortie de l'hôpital, elle a voulu donner du sens à sa vie, faire du bien à autrui, apprendre par cœur des bouquins écrits par des chauves en peignoir de bain, vous voyez le genre ? Elle a refusé des rôles trop légers, arrêté de se maquiller, rasé ses cheveux, commencé à parler à des pauvres, et en moins de trois mois elle s'est chopé une tronche de dame d'ONG pas commode. Là, son mari s'est barré, évidemment. Tu épouses Sharon Stone, tu te réveilles avec Sœur Emmanuelle, faut comprendre ! En tout cas, la pauvre, elle a plus bossé pendant deux ans, le temps que ça lui passe. Mais si, rappelez-vous !

– Et alors ?

– Eh bien, c'est pareil pour POP. Elle a pété un câble, non, plutôt tout un bouquet numérique, mais ça reviendra.

– Ce qu'elle a fait est trop grave, Mathilde ! Ta copine a mis le journal en danger avec son prêche à la con ! Mais qui est-elle, qui sommes-nous pour donner des leçons de morale aux gens ? Nous sommes obligées de la sanctionner avec la plus extrême sévérité.

– Vous allez la virer, c'est ça ?

J'écoutais la conversation, comme devant ma télé.

Raph et Mimi haussèrent les épaules, désabusées.

– Mais non, tu sais bien qu'on ne vire jamais personne, chez *Modelle*, nos conventions collectives nous l'interdisent.

– Alors ? Elle va être placardisée, vous allez la laisser sécher sur pied jusqu'à sa retraite dans vingt ans, comme Iris ?

Mimi glissa deux phrases à l'oreille de Raph, qui opina gravement.

– Non. Eu égard aux services rendus par le passé, POP, nous allons faire preuve de mansuétude : à partir d'aujourd'hui, tu es mutée aux pages sport.

Un silence.

– Mais, dis-je faiblement, il n'y a pas de pages sport dans *Modelle* ?

– À toi non plus ça n'a pas échappé, ma belle.

Les bouches de ma direction bicéphale s'écarquillèrent en un identique et terrifiant sourire.

Le trente-cinquième jour

> « Ceux qui sèment dans les larmes moissonneront dans la joie. »
>
> Psaumes

– Un rendez-vous petit déj au Balto, est-ce que ça signifie que ma petite femme est dans les mêmes dispositions que l'autre jour ?

Suivit une rafale de hé hé hé, assortis d'engageants mouvements de sourcils.

La libido de mon mari me stupéfiait toujours. Après quinze ans de mariage, Pierre Perrin ne connaissait pas l'inévitable érosion du désir. Avec le temps, ses pulsions érotiques ne s'étaient pas émoussées, mais simplement décalées, survenant rarement le soir après 22 heures dans le lit conjugal, plus volontiers dans des endroits et à des moments incongrus. Mais, à ma connaissance, j'en étais toujours le principal objet, ce qui, en soi, n'était déjà pas si mal.

Je cherchai à comprendre ce qui, à l'instant *t*, le mettait dans de telles dispositions. La vitre du café me renvoya le reflet d'une femme bouffie par le manque de sommeil, emmitouflée dans des couches de molletons, coiffée au râteau, la paupière molle. À l'évidence seul un gorille esseulé six mois dans une cage humide aurait pu tirer de cette vision le motif d'une érection timide. Est-ce à dire que tous les hommes sont des animaux aux pulsions erratiques ? Non. La nouvelle Pauline ne portait pas de jugement moqueur à l'emporte-pièce. Je conclus plutôt que l'amour conjugal, lorsqu'il est pur, profond, réciproque, se rit de l'imperfection des enveloppes corporelles. Seules deux âmes sœurs peuvent atteindre à cette sublimation du désir. Pierre et moi étions tout bonnement passés dans une dimension supérieure du lien charnel, quasi mystique.

– Et pourquoi pas une petite pipe ? Tout simplement ? Ça fait longtemps, Pauline.

– Tu te fous de ma gueule ? Et vendredi dernier ?

– Ha ha, on a changé de lune, je te ferai remarquer. Les compteurs sont repassés à zéro.

– Pierre, là, j'ai vraiment pas la tête à ça. En revanche, à la maison, y en a d'autres qui se gênent pas. Ça fait deux jours que je voulais t'en parler…

Je lui racontai le scoop Ramón-Aflição, m'attendant à une réaction spectaculaire. Du genre : « Quoi, comment, faire ça chez nous, ils sont gonflés tout de même, mais où se croient-ils, tu parles d'un réfugié très méritant, ça nous met dans une position impossible vis-à-vis de Consuelo, de Germaine, des parents d'Aflição, des enfants, de tout le monde ! » Connaissant le caractère sanguin de notre chef de famille, je me dis que ce couple illégitime avait tout à craindre de son ire. À la place, il se contenta de pouffer :

– Eh ben dis donc, ça m'excite encore plus ton truc.

– Mais qu'est-ce qu'on va faire ?

– Tu veux pas qu'on redescende aux lavabos, comme l'autre jour ? chuchota-t-il en me caressant la main.

– Tu veux pas plutôt que je demande un verre d'eau bien glacée au serveur ? Sérieux, Pierre, c'est intenable. Aflição fond en larmes et se signe dès qu'elle me voit. Ramón rase les murs comme si j'allais le baffer. Consuelo commence à les regarder bizarrement. On a encore dix-sept jours à tenir, comment on va faire ?

Mon mari trouva la solution, comme toujours :

– Rien. On ne va surtout rien faire, à part serrer les fesses pour que ça explose après leur départ. Et les supplier de ne rien dire à Consuelo. Le plan « je soulage ma conscience », c'est toujours une catastrophe. Je me charge de Ramón, tu peux parler à Aflição ?

Je trouvai éminemment louche ce cri du cœur de mon mari pour tenter d'enfumer l'épouse, comme s'il s'agissait d'un réflexe, voire d'un principe sacré, déjà largement éprouvé dans le passé. Mais je ne dis rien. J'avais autre chose à annoncer à Pierre.

La veille, en rentrant du journal, l'ambiance à la maison était bien trop lourde pour que j'en rajoute une couche en racontant ma journée. Après tout, quelle urgence y avait-il à avertir mes proches du poste prestigieux auquel la direction de *Modelle* venait de me promouvoir ?

C'était pour ça, aussi, que j'avais entraîné mon mari loin des oreilles indiscrètes. Allez, il fallait trouver le courage. Maintenant.

C'est alors que Pierre m'attrapa les deux mains et les serra tendrement :

– Il est sorti, ton papier sur Bové ?

Deux métros de retard. Un mari, un vrai.

– Oui, pourquoi ?

– Ah, c'est bien ! T'avais l'air tellement contente, je suis si heureux que tu aies retrouvé ton inspiration ma chérie, ton boulot, c'est si important pour toi.

En moi, quelque chose se dégonfla brusquement. Je pris le père de mes enfants par la manche et l'entraînai au sous-sol sans dire un mot.

En remontant à la maison, je trouvai Mathilde devant ma porte. Quel amour, elle devait être passée vérifier que j'allais bien, après l'affreuse scène de la veille. Je lui ouvris grand les bras, prise d'une bouffée de reconnaissance :

– Tu sais, Math, s'il y avait un barème de qualité des amies, je te donnerais 133 carats, pareil que le diamant de la reine d'Angleterre. Ton cœur, niveau taille, clarté, pureté, c'est un genre de Koh-i Nor.

– Ah oui ? Eh bien moi, je suis venue te dire que tu es complètement piquée.

Ce n'est qu'à cet instant, alors que je mettais la clé dans la serrure, que je remarquai quelque chose d'étrange.

Mathilde Bourgoy n'avait pas du tout la tête à plaisanter.

Mathilde Bourgoy ne me souriait pas.

Mathilde Bourgoy posait même sur moi un regard pas super gentil.

– Qu'est-ce qui se passe ? dis-je, en m'effaçant pour la laisser entrer dans l'appartement.

– Il se passe ça, dit-elle en jetant une sorte de long stylo blanc sur la console de l'entrée.

Je m'approchai. Ah. Ce n'était pas un stylo, en fait. Plutôt un test de grossesse. Avec deux barres bleues.

De mémoire, ça signifiait qu'il était positif.

Oh là là. L'adrénaline m'irradia des orteils aux oreilles. Je balbutiai, les mains jointes, comme en prière :

– Déjà ? À nos âges ? C'est merveilleux, Mathilde, quel cadeau du ciel !

– À qui le dis-tu. J'ai longuement parlé avec Marc hier soir. Il m'a tout balancé, pour tes petites manigances. Pauline, si je ne pensais pas, au fond de moi, que ton accident t'a vraiment amoché le cerveau, je crois que je te tuerais. Est-ce que tu te rends compte de ce que tu as failli faire ?

À cet instant, si le front de ma meilleure amie avait pu bouger, je crois qu'il aurait été barré par toute une série de vilains plis amers.

– Quoi, t'as peur pour le bébé, à cause du Botox ? Mais c'est pas grave, on va trouver une solution. On n'a qu'à prendre un bon gynéco bien balèze pour le suivi. Frydman par exemple, j'ai son perso, et zou…

– Mais je ne suis pas enceinte, pauvre pomme !

m'interrompit-elle, deux octaves plus haut. Marc m'a prévenue à temps, encore heureux ! J'ai pensé qu'en voyant mon vieux test de grossesse de Monique, tu réagirais ! Que tu te rendrais compte de l'ignominie de ton geste ! Mais non, t'es là à me parler, limite mondaine, comme si tu m'avais juste organisé un anniversaire surprise. Tu es folle, ma pauvre Pauline, à enfermer, continua-t-elle d'une voix songeuse.

– Ça suffit, Mathilde ! De quel droit tu me parles comme ça ! Je n'ai voulu que ton bonheur, moi ! Tu vas avoir quarante ans, en vingt ans t'as eu plus de mecs qu'il y a de chaînes sur le câble ! Tu vis seule avec Monique, alors que tu voulais une famille Ricoré, rappelle-toi ! Marc Grand-Romieu se pointe avec sa bonne tête pleine d'oreilles, et toi tu fais ta sucrée : « Euh non, je suis pas sûre, mon indépendance gnagnagna. » Tu es en train de laisser passer une chance historique d'être heureuse, c'était mon devoir, oui, mon devoir d'amie de donner un coup de pouce au destin.

– Eh ben, c'est réussi. J'ai largué Marc. Comment lui faire confiance après ça ? Et toi, je ne veux plus jamais te voir, tu m'entends ?

Mathilde Bourgoy claqua la porte sans même accepter la tasse de tisane mélisse-fleurs du verger que je lui proposais pourtant très gentiment pour l'aider à se calmer.

Quelle ingratitude ! À l'évidence, ma meilleure amie ne tournait pas rond.

Le trente-sixième jour

> « L'encre d'un écolier est plus sacrée que le sang d'un martyr. »
>
> Mahomet

Marie-Ange Leprieur n'était pas de super bon poil.

– Ah, c'est vous ? grogna-t-elle lorsqu'elle m'aperçut au parloir. Vous m'avez pas envoyé la vieille, ce coup-ci ? Les bourgeoises comme vous, déjà j'ai du mal, mais alors celle-là, elle est pire que tout : j'ai vu le moment où j'allais lui faire bouffer son chapelet. Elle m'a suggéré de m'inscrire aux cours de caté de l'aumônier de Fleury. Elle manque pas d'air, vu que j'ai été tripotée par une saloperie de curé toute ma petite enfance.

Suivirent un rire épais et un vigoureux tapage de cuisse qui désamorça toute la charge émotive de son message. Cette femme réussissait le prodige de vous serrer le cœur et de vous mettre archi mal à l'aise dans la nanoseconde qui suivait. Comment faisait-elle ?

– Je n'ai pas pu venir la semaine dernière, mais je

vous ai apporté le dernier *Modelle*, Marie-Ange, dis-je d'une voix douce.

Tandis qu'elle se jetait sur le journal, je contemplai la silhouette déjà voûtée de la jeune détenue. Et l'idée, proprement affreuse, commença à m'effleurer : le fait d'être délinquante, laide, emprisonnée, avec un passé douloureux et un avenir incertain, ne suffisait pas à faire de vous quelqu'un d'attachant... pire... (la nouvelle POP en trembla de consternation)... quelqu'un de digne de compassion. Et si les pauvres étaient des salauds comme les autres ? Je chassai bien vite cette idée subversive et m'enquis, tout sourire, de sa lecture.

– C'est vous qui avez écrit cette merde ? éructa-t-elle en montrant du doigt l'édito « Les nouvelles béatitudes ».

– Oui, mais pourquoi vous dites « cette merde » ? C'est contre les bourgeoises, ça devrait vous plaire...

– C'est, c'est... des conneries. Jamais Bénédicte Delplace n'aurait écrit une telle daube. Qu'est-ce que vous avez besoin de faire chier les gens avec ça ? Pourquoi vous croyez qu'ils l'achètent, les gens, votre bouquin ? Pour rêver, rigoler, voir des beaux trucs, pas pour qu'on leur balance une bible dans la chetron.

– Marie-Ange, vous devriez rencontrer mes directrices de la rédaction, vous vous entendriez très bien.

– C'est ça, foutez-vous de ma gueule, en plus. Saaaa-lope.

– Je ne vous permets pas de me parler comme ça, dis-je d'une voix calme.

– Connasse, connaaasse !

– Bon, maintenant ça suffit, Marie-Ange. Je ne

viens pas vous voir pour me faire insulter, dis-je, déjà un poil moins calme.

– Eh bien moi, je vous dis que vous n'êtes qu'une sale connasse de bourge qui vient voir les taulards pour se donner bonne conscience, pétaaaasse !

Hou là là. Elle commençait à me chauffer, la mère Dutroux. Je respirai lentement pour ouvrir mes chakras, comme me l'avait enseigné sœur Fuong-Oji à la BoudDhieusière.

– Très bien. Marie-Ange, je vous demande solennellement de retirer ce que vous venez de dire. Nous avons encore cinquante-deux après-midi par an jusqu'en 2018 environ à passer ensemble, il n'est pas tolérable que nous partions sur de telles bases.

Pour seule réponse, elle brandit ses deux majeurs et me les présenta alternativement sous le nez en tirant un bout de langue obscène.

C'en était trop. Je pris l'exemplaire de *Modelle*, le roulai, entrepris de le ranger dans mon sac mais, au dernier moment, ne résistai pas à l'envie de lui coller une bonne paire de gifles avec.

Marie-Ange Leprieur ne s'attendait pas à ça.

Elle me regarda un moment, sidérée, avant de se jeter sur moi sans un mot, les bras en avant.

Les surveillantes ne mirent que trente secondes à intervenir et c'est tant mieux. Déjà, ma carotide sifflait sinistrement et le regard fou de la détenue disait assez sa détermination à me briser les vertèbres.

En attendant maman sur le parking de Fleury, les mains en collier autour de mon cou douloureux, je me fis une rafale de réflexions amères sur l'ingratitude de ces gens que je tentais d'aider depuis des semaines : ce n'était pas encore tout à fait le Golgotha, mais je commençais à en avoir gros sur la calebasse. « *Eli, Eli, lama sabachtani* », répétai-je plusieurs fois en hébreu, soit « Seigneur, Seigneur, pourquoi m'as-tu abandonné ? », l'un des mantras fétiches de frère Maurice.

Marie-Annick revint, tirant avec désolation sur sa minijupe, la mine à peu près aussi sinistre que la mienne.

– C'est affreux, chérie, je ne crois pas que je pourrai le supporter.

– Oh non, tu t'es fait agresser toi aussi ? Barrons-nous, maman, c'est pas des endroits pour nous, on n'est pas calibrées…

– Mais non, qu'est-ce que tu racontes ! C'est juste que la perspective de sept longs jours loin de Momo est un tunnel sans fin. Tu sais quoi ? ajouta-t-elle d'une voix surexcitée. Il m'a traduit toutes les paroles d'Eminem en français cette semaine. En les adaptant. Avec « Marie-Annick » à la place de « *fucking bitch* », j'imagine que c'est le prénom de sa femme. C'est un poète.

Mon portable sonna fort à propos, m'évitant de traduire le tendre surnom du chanteur américain.

– Madame Orman-Perrin ? Ici François Briscard, le proviseur du collège Luc-Ferry.

– Monsieur Briscard, comment allez-vous ? Oh là là, pour une mère, ça fait toujours un drôle d'effet d'être appelée sur son portable par un chef d'établissement ! Je suis bête, hein, à toujours imaginer quelque chose de grave. Je suis sûre que vous m'appelez pour le stand de la fête de l'école ? Je pourrai vous joindre plus tard ? Je suis à Fleury-Mérogis.

– Déjà ? Eh bien, c'est de circonstance.

– Je ne comprends pas.

– Je suis navré de vous déranger, mais il va falloir que vous veniez au collège d'urgence. Paul est dans mon bureau et…

– Paul ? Il n'a pas fait de bêtises, au moins ? Il peut être un peu fou-fou parfois.

– Euh… Tout ce que je peux vous dire, c'est qu'il est en bonne santé. Venez vite, madame Orman-Perrin, nous vous attendons.

Quatre-vingt-dix minutes plus tard, dans la voiture, ni maman, ni Paul, ni moi n'avions le cœur à échanger le moindre mot. Je réfléchissais simplement à la meilleure façon d'exposer la situation à Pierre. Quelque chose de simple, de concis.

Ton fils se drogue ? Non. Trop réducteur.

Ton fils vend de la drogue à ses camarades de troisième ? Non. Trop simpliste.

Ton fils vient d'être exclu de son collège pour un mois à titre préventif et passera en conseil de discipline en présence de ses parents la semaine prochaine, épreuve hautement humiliante à l'issue de laquelle il sera probablement exclu à tout jamais de cet établissement, le seul qui ait bien voulu l'accepter dans toute la zone Paris-Grande Couronne, eu égard à ses résultats scolaires apocalyptiques ? Non. Trop emphatique.

Ton fils a eu la chance immense de n'être pas dénoncé spontanément à la police par le proviseur du collège, qui se réserve quelques jours pour décider des suites judiciaires à donner à cette affaire ? Non. Trop primesautier.

Ton fils refuse absolument de dire qui lui a procuré la drogue qu'il a revendue à ses camarades et assure qu'il préférerait se jeter par la fenêtre plutôt que s'expliquer sur ce point ? Non. Trop mélodramatique.

– Maman, j'arrive pas trop à choisir la façon dont je vais mettre Pierre au courant. Tu voudrais pas rentrer à la maison avec nous et t'en charger ?

– Non, merci, sans façon.

– S'il te plaît. Une belle-mère qui n'annonce que des mauvaises nouvelles à son gendre, c'est cohérent. Pierre sera tellement furieux contre toi qu'il en voudra peut-être moins à son fils, qui sait ?

– Toi tu sais trouver les mots, sourit-elle tristement. Non, Pauline, ne me demande pas ça.

– Fais ça pour moi, maman, s'il te plaît, dis-je, la voix étranglée par l'émotion.

Elle n'hésita pas bien longtemps.

– D'accord, ma chérie, bien sûr, tu peux compter sur moi.

Tout le reste du trajet, je m'interrogeai sur ma responsabilité dans cette débâcle. La nouvelle POP, tolérante, ouverte au dialogue et d'une décontraction totale face aux résultats scolaires de ses enfants, avait-elle quelque chose à voir avec cette fuite en avant de Paul ? Et si j'avais eu tort ? Non. Non. Je ne voulais que leur épanouissement. Cette quête de sens, c'est à eux aussi qu'elle devait profiter. Je me donnais tant de mal depuis des semaines pour devenir une meilleure mère, une meilleure épouse, une meilleure femme tout court. Des intentions si pures, si nobles ne pouvaient pas créer un tel chaos. À moins, bien sûr, que cette nouvelle catastrophe n'ait été délibérément envoyée par Karl pour m'éprouver ? Je ne savais pas, je ne savais plus.

En me tournant et me retournant dans mon lit sans trouver le sommeil, trois heures plus tard, une seule chose était claire. Rage, colère, menaces, j'aurais tout préféré, venant de Pierre, à ces grosses larmes qui tombèrent droit sur ses joues lorsque maman eut fini de lui raconter notre rendez-vous chez M. Briscard.

Le trente-septième jour

« Il y a un temps pour tout : un temps pour pleurer et un temps pour rire, un temps pour se lamenter et un temps pour danser. »

L'Ecclésiaste

Je n'étais pas fière de ce que j'étais en train de faire. Mais il le fallait. Après une nuit sans sommeil à ressasser les raisons de la primodélinquance de mon fils, je DEVAIS comprendre ce qui s'était passé exactement. En coiffant les longs cheveux d'Adèle, j'essayai de glaner quelque confidence, tout en finesse.

– Tu sais, ma chérie, si tu as des trucs sur la conscience qui t'embarrassent, je suis là pour partager ce poids… À la limite, si tu as besoin que je t'achète quelque chose en échange d'une info ou deux, je suis partante.

– Maman, t'es lourde. Bien sûr que je sais ce qui s'est passé, mais tu crois quand même pas que je vais balancer Paul ?

– Mais c'est ton FRÈRE, chérie ! Tu le détestes ! Tu

dis tout le temps que c'est un salaud ! Rappelle-toi, tes cahiers jetés par terre, la télécommande qu'il cache exprès, les commentaires « t'es moche-t'es grosse-t'as un pif immonde ! »

– Maman, pas la peine. De toute façon, on a fait un pacte. La loi du silence : je me tais sur lui, il se tait sur moi.

Je souris de la naïveté de sa réponse. Comme si ma puce de onze ans pouvait avoir des gros secrets à cacher à sa maman ! Trop mignonne, elle était simplement trop mignonne. Je lui collai un gros baiser en haut de la nuque, là où ça sent si bon, là où les cheveux frisent comme une mousse légère.

– Remarque, c'est pas tellement un secret. Les jeannettes m'ont convaincue : je veux devenir religieuse, maman. Je me raserai la tête. Ou alors je garde mes cheveux et je fais une fugue pour retrouver Jean-Baptiste, le leader des Virgin Mary. Il est trop mignon avec tous ses tatouages du Christ. Ce que je vais faire, c'est dédier ma vie à Dieu, en tout cas.

En d'autres circonstances, cette sortie m'aurait bien fait rigoler, c'est l'évidence. Mais avec ce moral qui était le mien depuis quelques jours, j'eus la sensation physique d'une chape de plomb s'abattant sur mes épaules. Ainsi, en moins de trois semaines, j'avais réussi à fanatiser ma belle petite fille jusqu'au trognon ?

Dans mon dos, un toussotement. Josefina, sans sa saqueboute. Étrange. De son français hésitant, elle demanda à me parler seule à seule. Adèle écarquilla les yeux dans sa direction, comme si elle savait de quoi il retournait, et quitta la salle de bains sans un commentaire. Super étrange.

– Pauline, je pense que je dois te le dire. Pour Paul : c'est ma faute.

– … ?

– Il… il a vendu le shit pour faire un cadeau à moi.

– … ?

– Je lui ai dit, l'*otro día*, comme ça, que ma saquebouta était toute vieille, toute mauvaise, mais que les parents ne voulaient pas m'en acheter une *nueva* et donc, voilà, il a décidé de dealer.

– … ?

Dans ma tête, tout s'était bloqué. Erreur système.

– *Te juro* que je savais *nada*. Mais ton fils, il est un peu *enamorado*, tu vois, et…

Soudain, le son revint.

– *En-enamorado ?* Paul ? Mais c'est un enfant.

– Il a *catorce años*, Pauline, sourit-elle.

Je regardai, comme si je la découvrais, la jolie figure de Josefina, ses yeux candides démentis par deux fossettes de chaque côté d'une bouche charnue et ourlée. Oui, ça n'avait rien d'absurde.

– Josefina, j'ai besoin de savoir une chose avant de m'évanouir. Est-ce qu'il s'est passé… euh… quelque chose entre lui et toi ?

– *Solamente besos*. Des bisous, juste des bisous. Il est très *guapo*, mignon, et je me sens seule, ici… Aïe, *perdón*. Je pensais qu'il s'amousait, comme moi…

Lentement, mon cerveau déglutissait les informations, l'une après l'autre.

– Mais le shit, Josefina, d'où vient-il ?

Le visage de la jeune fille se referma comme un livre que l'on claque.

– *No sé*, Pauline. Mais ton fils, il est fort, il veut pas trahir, il a des *cojones*, faut pas le pounir…

Ça, ce n'était pas à elle de décider. Mais qu'est-ce que c'était que ces gens ? Des Colombiens pas méritants du tout, qui affolaient les sens de la maisonnée par simple goût du vice, voilà tout ! Aflição et Ramón, Paul et Josefina, qu'est-ce qu'il me restait à découvrir, Consuelo et Pierre, peut-être ? La rage me prit. Je grimpai les marches quatre à quatre, déterminée à secouer, battre, torturer mon petit con de fils jusqu'à ce qu'il me dise où il avait trouvé sa saloperie de shit.

C'est alors que le téléphone sonna.

Je décrochai brusquement le combiné accroché au mur du palier, une main sur la poignée de la porte de Paul.

– Madame Orman-Perrin ? Inspecteur Toragne, police judiciaire.

Tout mon sang reflua dans mes orteils. Cette ordure de proviseur avait dû baver. Je refermai la porte et tirai sur le fil pour me cacher dans la salle de bains. Surtout, que mon fils n'entende pas ça. Mon tout-petit, qu'allaient-ils faire à mon tout-petit ?

– C'est bien moi, inspecteur, dis-je d'un ton sépulcral.

– Pardon de vous déranger, chère madame, je vous appelle au sujet d'une de vos relations, Mlle Criquet Germaine. Vous me confirmez la connaître ?

– … ?

– Votre nom figure très régulièrement dans son

agenda. Nous aurions des questions à vous poser sur cette personne, qui fait actuellement l'objet d'une garde à vue. Pourriez-vous vous déplacer jusqu'au commissariat du XIXe arrondissement ou préférez-vous que l'on vous envoie une voiture ?

– … ?

C'était reparti. Comme avec Josefina cinq minutes plus tôt, dans mon cerveau, les erreurs système se succédaient. Je me raclai la gorge et, au bout de quatre tentatives, les mots « J'arrive, votre Honneur » finirent par sortir à peu près sans encombre.

Une bien belle journée qui commençait.

– Comment ça, « avoir un peu trop aidé un mourant », inspecteur ?

– Eh bien, c'est en résumé ce que la famille de M. Favroule reproche à Mlle Criquet, madame Orman-Perrin. Son intervention ne se serait pas limitée à un accompagnement strictement psychologique : il y aurait eu administration de substances toxiques. Plus grave, d'après la fille de ce monsieur, son père n'était même pas en phase terminale ; il était très malade, certes, mais son cancer de la prostate était stabilisé, il ne venait à l'hôpital que pour suivre son traitement de chimiothérapie. Et c'est après la tournée de Mlle Criquet au service d'oncologie que l'état de Gérard Favroule s'est brusquement aggravé. L'autopsie exigée par la famille a révélé un taux de morphine à tuer un troupeau d'éléphants. D'où le dépôt de plainte. D'où l'ouverture d'une enquête pour tentative d'empoisonnement.

– Mais c'est absurde, je connais Germaine, elle n'aurait jamais pu faire une chose pareille ! Qu'est-ce qui vous dit que c'est elle ? Et les infirmières du service, alors ?

– C'est tout le problème. Elles soutiennent que des doses conséquentes de morphine ont été dérobées à l'hôpital la semaine dernière et que seul un ou une habitué(e) du service pouvait savoir où les produits sont conservés. Ce qui nous préoccupe, voyez-vous, c'est que Germaine Criquet connaissait bien M. Favroule. Très bien même. Et, d'après certaines infirmières, elle avait quelque raison de lui en vouloir.

– Mais qu'est-ce que c'est que cette histoire ?

– Mlle Criquet ne vous a jamais parlé de Gérard Favroule ?

– Mais non. De sainte Thérèse de Lisieux, de François d'Assise, de Thomas d'Aquin, ça souvent, mais jamais de Gérard Favroule.

– Eh bien, ils étaient amants.

Pffft. Le contenu de mon gobelet de café tiède atterrit sur mes genoux.

– On vous aura menti, inspecteur. Germaine Criquet est une demoiselle.

– J'en suis moins sûr que vous.

Ce que me raconta l'inspecteur Toragne était tout bonnement extravagant. Mais, au fil de son récit, je passai du déni brutal à la stupéfaction, puis à la consternation. Ça avait du sens. Hélas, les preuves étaient là : en dix ans, la bonne, la douce Germaine Criquet avait été couchée sur le testament de douze vieux messieurs, tous rencontrés à l'hôpital, certains en soins intensifs, d'autres en réanimation, la plupart en soins palliatifs. Plus de la moitié d'entre eux auraient été ses « amants », enfin auraient eu des rapports charnels avec elle, « dans la mesure de leurs moyens bien éprouvés par la maladie ». Je grimaçai en visualisant ce que cette précision gourmande de l'inspecteur pouvait bien recouvrir. Favroule et Germaine avaient eu, pour le coup, une véritable liaison, lors de la première hospitalisation de ce père de cinq enfants. Ce fait avait été attesté par l'épouse de Gérard, Roseline Favroule, qui, après avoir surpris les amants enlacés dans la salle de radiothérapie, avait décidé de fermer les yeux sur ce moment d'égarement afin de pouvoir fêter sereinement son quarantième anniversaire de mariage. Depuis, Germaine aurait poursuivi le vieux monsieur de ses assiduités à chacun de ses retours à l'hôpital. Était-ce l'amour ? Était-ce l'appât du gain ? Difficile de trancher. Les amis de Germaine ne lui laissaient jamais de très grosses sommes, mais les petits ruisseaux faisant de grandes rivières, elle était désormais à la tête d'une somme rondelette.

– Près de trois cent mille euros, astucieusement placés, qui assurent un coquet appoint à sa retraite de tenancière de bar.

– De… pardon ?

– Germaine Criquet tenait un établissement. À Pigalle. Ça non plus, vous ne le saviez pas, madame Orman-Perrin ?

C'en était trop. Je demandai à sortir. Le policier m'accompagna dans le dédale du commissariat.

– Que risque-t-elle, inspecteur ?

– Vingt ans, à la louche. Mais on n'en est pas là. Pour le moment, nous n'avons pas de preuves, que de lourdes présomptions.

– Je peux lui parler ?

– Non. Elle est en garde à vue : seuls un avocat et un médecin ont le droit d'entrer en contact avec elle.

Je ne pus qu'imaginer Germaine Criquet enfermée dans une cage d'acier, égrenant tristement son chapelet offert par Paul VI en psalmodiant ses extraits favoris de la Bible. Me revint alors à l'esprit sa citation fétiche, qui cette fois résonna étrangement : « Ne juge pas et tu ne seras pas jugé. »

En rentrant à la maison, j'avais le sentiment de mesurer vingt-deux centimètres de haut et deux mètres de circonférence. Tassée, compactée, ratatinée par les catastrophes successives, je me sentais l'entrain d'une vieille boîte de Pal spécial chiens âgés compressée par un camion poubelle.

Un petit mot d'Adèle m'attendait dans l'entrée : *Maman, on nes chez le véto, rejoint-nous vite, c Prout.*

En refermant la porte, je ne mesurais plus que dix-sept centimètres de haut.

– J'ai fait un bon lavage d'estomac mais je ne promets rien. Franchement, ce sera un miracle s'il s'en tire.

Le vétérinaire hocha la tête.

– J'ai jamais vu ça. Un coma éthylique chez un teckel. Vous dites que vous avez retrouvé la seringue et une bouteille de vodka vide à côté ? Vingt ans de carrière. Jamais vu un truc pareil.

Adèle se mit à entonner un cantique à mi-voix où il était question de châtiment divin, et de Dieu de colère. Paul rugit et dit à haute voix qu'il allait tuer Adolfo de ses propres mains, là, maintenant, tout de suite. L'enfant, soudain tout rouge, se colla contre mon manteau. Au moins, il a l'air embêté, pensai-je, le traitement homéopathique semble bien marcher. Mon Dieu. Le traitement. Si j'avais donné la bonne ordonnance aux Pérez Aguilar, la Ritaline aurait peut-être eu le temps de calmer les pulsions anti-Prout du jeune garçon ? En regardant la silhouette toute molle de notre animal de compagnie, j'oubliai les pipis sur les lits, les chandails déchiquetés, les coussins sodomisés, jusqu'à ce surnom que je lui donnais si souvent *in petto* : « le Nuisible ». J'éclatai en sanglots.

Après avoir laissé mon chien agonisant chez le vétérinaire, je regagnai l'appartement, un ado primodélinquant et une groupie hystérisante du groupe Virgin Mary pendus au bras droit, et un enfant psychopathe au gauche. Je pensai alors que j'étais en train de vivre la pire journée de mon existence.

Voilà qui était bien présomptueux de ma part.

Le trente-huitième jour

> « Celui qui est le maître de lui-même est plus grand que celui qui est le maître du monde. »
>
> Bouddha

J'avais commis une erreur, c'est vrai.

Vers minuit, constatant que vingt-quatre heures après avoir appris les derniers hauts faits de son fils, Pierre ne sortait toujours pas de son mutisme, j'avais senti que mes nerfs allaient lâcher. Ma première réaction fut de chercher du regard un instrument contondant afin de marteler la boîte crânienne de mon mari jusqu'à ce qu'il retrouve l'usage de la parole. Dans un sursaut, je convins que cette solution alléchante n'en était pas une. Après deux nuits d'insomnie, il fallait que je dorme, c'était l'évidence.

Je mangeai donc trois somnifères, administrai la même dose à Pierre qui se laissa faire sans réagir et, bientôt, nous tombâmes tous deux dans un sommeil sans rêve.

Super méga boulette.

Si simplement nous nous étions engueulés tard dans la nuit comme un couple en crise ordinaire, multipliant reproches injustes et accusations tordues, non seulement nous aurions entendu ce qui se passa à la maison, mais qui sait si nous n'aurions pas pu l'empêcher ?

À 7 heures du matin, un bruit de fin du monde nous éveilla tous deux en sursaut. Dans la cuisine, Paul et Adèle hurlaient à la mort. *A priori*, rien là que de très normal : le grand avait dû finir le pot de Nutella de la petite, la petite les Miel Pops du grand, ou autre violation grave du code de bonne conduite familiale justifiant que l'on se menace mutuellement avec des couteaux. Ce qui sortait de la routine, en revanche, c'était la voix d'Aflição réussissant presque à couvrir celle des enfants. Notre nonchalantissime jeune fille au pair à son poste si tôt le matin ? Impossible. Pierre et moi échangeâmes un regard inquiet et bondîmes hors du lit dans un bel ensemble.

De l'autre côté de la porte de notre chambre, un spectacle de cauchemar nous attendait. C'était comme si une horde de sangliers avait traversé notre appartement ; tout était sens dessus dessous, détruit, saccagé : chaises renversées, tableaux de guingois, vitres des cadres étoilées, tapis de travers, livres arrachés des étagères. J'hésitai un court instant à retourner me coucher pour attendre la mort, mais Pierre attrapa ma main et m'entraîna vers la cuisine.

Paul et Adèle ne criaient plus, désormais ; prostrés, ils s'étaient avachis sur la table, la tête dans les bras, mon fils frottant bruyamment ses incisives l'une contre l'autre, ma fille chantonnant des cantiques à mi-voix tandis qu'Aflição faisait les cent pas.

– C'était plou fort que moi, plou fort que moi, Pauline, sanglota-t-elle en nous voyant.

– C'est toi qui as fait ça ?

– Non, c'est la Consuelo. Cette nouit, jé pouvais pas dormir à cause de la coulpabilitad, alors yé souis descendou et yé loui ai tout dit en inglès. Ramón il voulait pas du tout, mais j'ai dit « merde, assoume ». Et tou sé quoi, Pauline ? Il avait raison, parce qu'elle est très jalouse, la Consuelo, très très très jalouse. J'ai beau lui avoir jouré que c'était pourement sessuel, avec *su marido*, elle était en pétard, tou peu pas imaginer.

– Mais si. J'imagine pas mal, Aflição, en voyant l'état dans lequel elle a mis ma maison. J'imagine même assez bien, dis-je avec un rire las.

Pierre me dévisagea, visiblement stupéfait de mon sang-froid.

– Ça va, Pauline, tu tiens le coup ?

– Il parle ! Il parle ! C'est un miracle ! m'écriai-je en levant les bras au ciel, avant de m'effondrer en sanglotant à mon tour.

– Où sont-ils ? demanda Pierre, mâchoires serrées, à Aflição.

– Partis. Après l'engueulade, vers 5 heures du matin, ils ont embarqué toutes leurs affaires et zou. Ils vous ont laissé un mot dans l'entrée.

– Mais qu'est-ce que c'est que ce bordel ? dit Pierre en ouvrant une grosse enveloppe posée sur la console, miraculeusement épargnée par la tornade Consuelo.

– Qu'est-ce qu'ils disent, papa ? demanda Adèle de sa voix flûtée, entre deux couplets de *Trouver sur tes pas la lumière*, dernier tube rap des Virgin Mary.

– Pour les mots, ils ne se sont pas foulés, y a juste « Pardon ». Mais il y a autre chose dans l'enveloppe. Oh, la vache !

– Quoi ?

– Pauline, viens tout de suite, s'il te plaît.

Je me traînai jusqu'à lui en haussant les épaules à intervalles réguliers sans pouvoir m'en empêcher. « Tiens, j'ai des TOC, maintenant », notai-je distraitement.

En voyant ce que Pierre avait dans la main, mes épaules retombèrent vingt centimètres au-dessous de leur place habituelle et y restèrent bloquées.

Des euros. Des tas d'euros. Des centaines d'euros, peut-être. En billets bizarres, violets, ceux qu'on ne voit que dans les téléfilms sur la mafia russe.

– Y a combien ? chuchotai-je.

– Attends, je finis de compter. Y en a trente. Fois cinq cents. Ça fait quinze mille, Pauline. Les Colombiens très méritants nous ont laissé quinze mille euros pour se faire pardonner. Enfin, j'imagine.

– Chouette, y a largement de quoi repeindre l'entrée, dis-je en battant des mains avant de m'évanouir.

Je crois que ce fut l'évidence qui me fit revenir à moi. J'avais beau être dans les pommes, mon cerveau n'était pas totalement à l'arrêt et, bientôt, les images qui s'y succédaient formèrent un puzzle cohérent. Les multiples valises des Pérez Aguilar. Le tailleur de Consuelo, bien mieux coupé qu'un Zara à la réflexion (Marni ? Prada ? Chloé ?). Ses journées passées « à la préfecture » tandis que son mari ne cherchait même pas de boulot. L'absence totale de détails sur le passé de cette famille. Les ennuis de Paul. Le visage soudain fermé de Josefina dans la salle de bains. La Colombie. Les billets. La drogue.

Oh non. J'ouvris les yeux et prononçai lentement ces quatre mots : « *Eli, eli, lama sabachtani.* »

Moins de deux minutes plus tard, on sonna à la porte.

En allant ouvrir, je crois que je savais déjà ce qui allait se passer.

Ils entrèrent. Ils étaient cinq, plutôt bien élevés, plutôt bien habillés. Ils ne s'étonnèrent pas du tout de trouver l'appartement dans cet état. Ils fouillèrent partout. Il trouvèrent les quinze mille euros en moins de dix minutes. Un peu de shit sous le matelas de Paul, aussi. Ils sourirent poliment à nos explications. Ainsi, nous connaissions à peine les Pérez Aguilar ? Ils n'étaient pas nos amis ? Nous les hébergions, tous les quatre, à titre « humanitaire » depuis quinze jours ? Nous ignorions donc totalement que ce n'étaient vraisemblablement pas les FARC, mais bien un des nombreux cartels de la drogue, qui leur avait fait fuir la Colombie ? Ils nous avaient simplement été recommandés par Germaine Criquet, une relation qui se trouvait actuellement en… garde à vue, tiens tiens ?

Puis, après avoir ironisé sur les dangers qu'il y a à tenter de doubler tant des trafiquants de drogue que la police française, la brigade des stupéfiants embarqua Pierre, le chef de famille, pour complicité de recel, en regrettant simplement d'avoir loupé Consuelo à deux heures près. Dire qu'ils la filaient depuis plus de huit jours, c'était ballot de ne pas avoir l'occasion d'entendre ses explications à elle, vraiment.

Lorsque le téléphone sonna, une demi-heure plus tard, j'essayai de ramper, sans succès, vers le combiné. Adèle alla décrocher à ma place et je constatai, horrifiée, que ma fille ne sautillait plus pour se déplacer. Son joli minois se froissa d'incompréhension et elle me passa l'appareil en haussant les épaules.

– C'est au sujet de Mamick. Un monsieur de Fleur-Meurojisse veut te parler. C'est pas un site internet que je connais, ça ?

Je fermai les yeux dans l'espoir de souder définitivement mes paupières l'une contre l'autre. Mais, cette fois, impossible d'anticiper ce que j'allais entendre.

« Vous êtes bien Mme Orman-Perrin ? Jean-Joseph Goy, codirecteur de la sécurité du centre pénitentiaire de Fleury-Mérogis. Pourriez-vous vous déplacer assez vite jusqu'en Essonne ? Rassurez-vous, ça ne concerne pas Mlle Leprieur Marie-Ange. Après votre altercation de l'autre jour, elle a multiplié les crises nerveuses et nous avons dû la faire transférer dans un établissement médicalisé. Non, c'est au sujet de Mme Orman Marie-Annick. Votre mère, n'est-ce pas ? Voilà, cette dame vient d'être arrêtée en possession d'une arme blanche. Elle tentait de faire évader un détenu. »

Le trente-neuvième jour

> « Nous, nés d'hier, nous ne savons rien, et notre vie sur terre passe comme une ombre. »
>
> Jérémie

« Un gardé à vue, ça use ça use, deux gardés à vue, ça use ça use, trois gardés à vue, ça use les neurones, la lalalalala. »

Au bout du fil, long silence embarrassé de Me Frédérique Lacote-Dérot, avocat pénaliste de renom. Est-ce parce que je chantais faux ? Ou alors, trois appels pour trois affaires différentes en moins de quarante-huit heures, c'était trop pour une seule cliente ?

Avant de raccrocher, elle me donna pour seule consigne de « ne pas paniquer, ça ne ferait qu'embrouiller une situation qui n'est déjà pas bien claire. Essayez plutôt de faire le point en notant par écrit tout ce qui s'est passé ces dernières semaines, pour que vos proches en arrivent là. En positif comme en négatif ».

Ainsi fut fait. Vingt minutes suffirent pour dresser

une liste synthétique mais exhaustive des dégâts. Je pris une feuille A4 et tirai un grand trait vertical. En haut de la colonne de gauche, j'écrivis :

Mauvais points :

– Maman : gardée à vue pour complicité de tentative d'évasion d'un détenu de Fleury-Mérogis.

– Pierre : gardé à vue pour recel de drogue.

– Germaine : gardée à vue pour tentative de meurtre.

– Paul : menacé d'expulsion par son collège et, peut-être, dans un futur proche, dénoncé à la police comme dealer ?

– Adèle : embrigadée jusqu'au bout des nattes dans une phalange dure des jeannettes et fan avouée du groupe catho de droite Virgin Mary (amoureuse du chanteur-séminariste Jean-Baptiste Le Plouermec' ?).

– Aflição : profondément déprimée après sa rupture avec un trafiquant de drogue quinquagénaire et marié. Va probablement abandonner son poste de jeune fille au pair avant le terme de l'année scolaire.

– Pyrrhus von Zittenstein zu Uberhaff, dit Prout le chien : dans un coma profond et irréversible ?

– Mathilde : séparée de son trader-chasseur. Même pas enceinte. Ne veut plus me parler. Jamais de sa vie. Plutôt crever, a-t-elle précisé.

– Direction bicéphale : va peut-être perdre son emploi suite à un de mes articles. S'est dite « écœurée de mon attitude irresponsable ». Et pire : « Tellement déçue, si tu savais. »

– Famille Pérez Aguilar : en fuite, on ne sait où, avec une somme importante de drogue et/ou d'argent. Le fils, Adolfo, est potentiellement dangereux et ne suit

pas le traitement prescrit par une sommité de la pédopsychiatrie.

– Marie-Ange Leprieur : internée chez les dingues suite à une de mes visites.

– Moi, POP : ai perdu mon boulot, ai mis ma famille en miettes. Suis responsable, directement ou pas, d'environ 90 % des catastrophes qui précèdent. Seul le meurtre de Gérard Favroule, ex-amant de Germaine Criquet, ne peut en aucune façon m'être imputé, et encore, avec deux sous de jugeote, j'aurais pu comprendre que cette femme ne tournait pas rond. Ayant lamentablement planté la mission que Dieu/Karl Lagerfeld m'avait confiée, vais donc à court terme rejoindre Jean-Paul II et Françoise Giroud pour l'éternité.

Dans la colonne de droite, j'attaquai les « bons points » :

– Vais, du même coup, également rejoindre mon père pour l'éternité. Et mes grand-mères que j'adorais aussi. Youpi.

C'était à peu près tout.

Après avoir cherché pendant quarante minutes et sans succès un autre motif de satisfaction, je reposai mon crayon.

À ce stade, seul Mozart pouvait quelque chose pour moi. Devant mes six enregistrements différents du K 626, j'hésitai : celui d'Eugen Jochum, ample et solennel ? La version dirigée par Michel Corboz, plus tendre, quasi féminine ? Non, seule la baguette martiale de Karajan aurait la force de frappe suffisante pour me secouer de mon apathie.

Je réglai le bouton du son, les premières notes du requiem s'élevèrent et les panzerdivisions allemandes entrèrent dans mon bureau. Au *Kyrie*, la situation était déjà plus claire. Au *Recordare*, j'entrevis une solution possible. Au *Domine Jesu*, j'affinai mon concept. À la fin du *Benedictus*, tout était scellé.

Le dîner « fondue sans matières grasses » à la maison, treize jours plus tôt, passa dans ma tête comme un film : Adolfo avait vu juste. Un membre de l'assistance devait mourir. Ni le plus jeune, ni le plus pur. Moi.

Sur le papier, j'étais fichue, quoi que je fasse : ayant planté ma mission, dans vingt-quatre heures au mieux, je devrais remonter auprès de Karl. Pour toujours. Mais une fois là-haut, il y avait peut-être quelque chose à tenter. Trente-neuf jours plus tôt, le Très-Haut ne m'avait-il pas fait une proposition de job abominable que j'avais prudemment refusée ? Et si la rédemption de mes proches passait par mon sacrifice ? Pourquoi ne pas tenter de négocier avec Dieu et accepter de diriger ce magazine pour morts en échange du salut des miens ? Dealer un salut immédiat et global, une rafale de miracles qui aurait pour effet instantané de sortir tout le monde de prison, balayer les soupçons, médicamenter les enfants, rescolariser les ados, ressusciter les chiens, sécher les larmes et réparer les cadres photo ? Oui, c'était ça, ce qu'il fallait faire : ne pas subir, résignée, le châtiment divin, mais marcher, tête haute et poitrine en avant, vers une éternité pas marrante !

Mieux, devancer l'appel en y allant dès aujourd'hui ! Ma propre abnégation me fit monter les larmes aux yeux. Je m'en foutais, je ne portais même plus de mascara.

J'écrivis une longue lettre dans laquelle je m'expliquais, demandais pardon à ceux que j'aimais et faisais part de mes dernières volontés.

Je ressortis mon testament, rédigé en juin 2005, et secouai la tête, estomaquée par sa superficialité. Ça ne parlait que de bijoux et de maroquinerie. Le diamant de ma grand-mère pour Adèle, la bague Pomellato pour Mathilde, les boucles d'oreilles achetées en Italie pour la petite Monique, les bottes Louboutin beiges pour Mimi, le sac vintage Balenciaga pour Raph… Navrant. Pire encore, j'avais demandé que mes cendres soient dispersées pour moitié place Vendôme, dont les vitrines m'avaient tant fait rêver, pour moitié devant mon institut de beauté, dont les techniques d'épilation m'avaient tant fait souffrir. Dans un codicille, j'avais précisé qu'un don de mille cinq cents euros à la Fondation de la princesse Diana était « possible ».

Je déchirai ce document. J'aurais volontiers rédigé une sorte de « somme morale », regroupant l'essentiel de ce que j'avais appris depuis le début de ma quête de sens, mais le temps me manquait. Je me contentai d'implorer que l'on utilise la quotité disponible de mes biens matériels pour aider une cause qui serait en adéquation avec ma fin de vie : « Sauvons les enfants hyperactifs », « Réinsérons les trafiquants de drogue », « Alphabétisons nos adolescents », ou encore « Aidons les mourants à mourir sans aide aux mourants ».

Puis je me préparai : j'enlevai mon sweat et mon bas de jogging pour enfiler mon tailleur Marni en shantung, dernier relief de ma vie passée. Trente-cinq jours plus tôt, je n'avais pas eu le courage de jeter la tenue dans laquelle j'avais interviewé Brad Pitt. Un moment de faiblesse dont je me réjouissais plutôt, à l'heure de ma mort, tant était peu engageante la perspective d'une éternité à porter du molleton à triple bande.

Je jetai un coup d'œil circulaire pour vérifier que je ne laissais pas trop de chantier derrière moi. Aflição et les enfants avaient tout de même fait un beau boulot ce matin : les effets de la tornade Consuelo étaient nettement moins perceptibles. Je pouvais aller en paix, ou presque.

L'envie de monter embrasser Paul et Adèle me coupa un instant le souffle. Mais comment trouver la force de leur dire adieu, de sentir le velouté de leurs joues sous mes lèvres, de respirer leur odeur de foin et d'épices pour la dernière fois sans m'effondrer ?

Non, je devrais partir au sacrifice comme on va acheter le pain, insouciante et légère. J'attrapai mes clés dans l'entrée et sortis sans faire de bruit.

Je savais très précisément où je devais aller. Et ce que je devais faire.

Je poussai la porte de chez Colette pour la seconde fois de ce livre. Seconde, ça signifiait qu'il n'y en aurait pas de troisième.

Je descendis au bar à eaux minérales.

Misère.

À peine plus d'un mois après mon accident, la direction avait déjà eu le temps de refaire le sous-sol de fond en comble. La collection de bouteilles millésimées était désormais exposée sur des étagères en fer solidement arrimées au mur. Impossible de récréer les conditions de la genèse de mon drame.

Je m'affalai sur une banquette et commandai un verre de chablis pour me laisser le temps d'échafauder un plan. Comment se suicider chez Colette, en ce début de printemps 2006 ? Me jeter la tête la première dans l'escalier depuis l'étage prêt-à-porter ? Non. Trop étroit. Avaler l'intégralité des produits cosmétiques Kiehl's proposés à la vente au rez-de-chaussée ? Non, ils étaient 100 % sans colorants ni conservateurs ni souffrances animales, ça ne suffirait pas à m'achever. Tenter un rapprochement érotique avec un des vendeurs aux yeux maquillés dans l'espoir qu'il m'estourbisse d'un coup de talon aiguille, affolé de la méprise ? Non. C'est lui qui risquerait un arrêt cardiaque.

Je décidai de tenter le coma éthylique : si le châtiment du déluge d'eau minérale m'était refusé, des cataractes de vin blanc feraient sans doute l'affaire. Je commandai deux bouteilles de chardonnay. Pour commencer.

Tandis qu'il me servait, le barman me regarda bizarrement.

– Excusez-moi, madame, vous ne seriez pas POP, de chez *Modelle* ?

– Si. Pourquoi ? C'est vous qui étiez là, quand j'ai eu mon accident ? Vous auriez mieux fait de me laisser mourir, vous savez ?

– Holà, vous m'avez l'air en petite forme, vous. Allons, courage, dans deux mois, c'est les soldes, vous aurez tout le temps de perdre du poids d'ici là. C'est juste que j'ai un message pour vous. Vous aviez rendez-vous avec M. Lagerfeld, n'est-ce pas ?

– …

– Il était là il n'y a pas cinq minutes. Il m'a chargé de vous dire qu'il ne pouvait pas attendre et il vous a laissé cette lettre.

J'attrapai l'enveloppe, mains tremblantes, la posai devant moi et me servis un verre que j'avalai cul sec. Quand les deux bouteilles de vin blanc furent vides, vingt minutes plus tard, je finis par trouver le courage de la décacheter.

Sur le bristol crémeux, pur vélin chiffon de la meilleure facture, la grande écriture légèrement penchée vers la droite disait ceci :

> *Rejoignez-moi à Saint-Roch. Maintenant. Pour votre gouverne, c'est à deux pas, sur le trottoir d'en face, un peu après le magasin La Perla. Entre Regina Rubens et Isabel Marant. Une église. En haut d'une vingtaine de marches. Vous trouverez.*

Je trouvai.

En avançant sous la vaste nef, je me dis que l'église Saint-Roch n'était ni triste ni froide. Il y avait ici de la couleur, des ors, des angelots, du bois, des plafonds bleu clair, du marbre rose au pied des colonnes. Et, grâce aux grilles scellées au sol soufflant un air tiède, il faisait chaud, plus que chez Colette en tout cas. Moi qui pensais marcher, sombre et glacée, vers une sorte de statue du Commandeur qui me montrerait du doigt avec des yeux méchants, j'étais presque bien. Pas complètement sereine, mais résolue, ça oui. Et bourrée, aussi : les effets du vin blanc commençaient à se faire sentir, j'avais un peu de mal à marcher droit.

L'église était déserte mais, quand bien même, j'aurais reconnu la silhouette de Karl à cent mètres. Il était là, seul, au beau milieu du chœur.

Habillé en Hedi Slimane pour Dior de pied en cap, agenouillé sur un prie-Dieu, paupières baissées, un million de bagues à chaque doigt, mains jointes.

Je me demandai s'il priait, et dans ce cas, à qui s'adressait cette prière. C'est vrai ça, vers qui peut-on bien se tourner quand on est, comme lui, le dernier maillon de la structure ? Comme les grands patrons, Dieu avait-il des actionnaires à qui demander des faveurs ou rendre des comptes ? L'équivalent « fonds de pension » du Très-Haut, c'était quoi ou qui ? Les croyants sans doute… Je n'osai pas lui poser la question. Je restai debout, près de lui, retenant ma respiration.

Les yeux toujours clos, il sentit toutefois ma présence et eut un rapide sourire.

– Bonjour, Pauline. Vous avez remarqué le tableau sous lequel nous nous trouvons ? *L'Apparition du Christ à Marie-Madeleine*, de Guillaume Guillon-Lethière (1805). C'est cocasse, dans la circonstance, pas vrai ?

– En effet, balbutiai-je.

Il ouvrit alors les paupières et plongea son regard vif

dans le mien. J'eus l'impression très nette qu'il voyait tout, tout de moi, loin derrière, jusqu'à des choses que j'ignorais.

– Vous connaissiez cette église, dont Louis XIV posa la première pierre ? Je l'aime beaucoup, c'est la paroisse des artistes. Mais on y enterre aussi des journalistes, vous savez ! Ha ha ha, je vous taquine. Allez, suivez-moi, je vous fais la visite. Nous discuterons pendant ce temps. J'ai toujours préféré parler en marchant, pas vous ?

– Oh si, tout pareil.

– Menteuse ! Vous détestez marcher, je le sais parfaitement.

Je souris, sous le charme. Était-ce une simple impression, mais Dieu me semblait avoir énormément gagné en sens de l'humour depuis notre première rencontre. En tout cas, il avait l'air de bonne humeur, j'avais peut-être une chance de le convaincre.

– Regardez ces Chassériau dans la chapelle des fonts baptismaux, Pauline, ils sont de toute beauté. Là, vous avez saint Philippe baptisant l'eunuque de la reine d'Éthiopie, sujet amusant, et à droite, c'est saint François-Xavier entouré des peuples qu'il a convertis. Bon, comment ça va, vous ?

– Mal. Mais vous êtes certainement au courant.

– Allons jusqu'à la chapelle Sainte-Suzanne. J'adore le monument de l'Abbé de l'Épée. En effet, je me suis laissé dire que votre quête de sens n'avait pas eu un franc succès.

– C'est un euphémisme. C'est bien simple : à cause de moi, tous les gens que j'aime souffrent, monsieur…

euh, mon Seigneur, Votre Sainteté, euh… comment vous appeler ?

– Appelez-moi Karl, Pauline, c'est à lui que je ressemble quand je vous vois, n'est-ce pas ? Alors c'est très bien. J'aime cette idée d'avoir des milliards de noms possibles. Suivez-moi dans le transept, vous devez impérativement découvrir la sculpture de Falconet, *Le Christ au Jardin des Oliviers*, un chef-d'œuvre de l'art baroque.

Je regardai. Et, en dépit de mon agacement à entendre Karl changer de sujet sans arrêt, m'émerveillai.

D'une voix douce, il reprit :

– Comme vous avez changé, Pauline. Il y a trente-neuf jours, vous m'auriez déjà interrompu dix fois pour caqueter dans tous les sens, me faire la leçon, m'engueuler, que sais-je ? Je n'ignore pas que vous avez quelque chose d'important à me dire, mais vous prenez patience. Contrairement à ce que vous pensez, en à peine plus d'un mois, vous avez désormais parfaitement intégré trois des vertus cardinales.

Je le regardai, estomaquée. Et dégrisée, d'un coup.

– Allons vers la chapelle de la Vierge, une beauté. Je vais vous expliquer. Comme vous le savez, naturellement – je n'oserais pas un instant remettre en question votre solide culture générale –, les vertus cardinales sont la Justice, le Courage, la Tempérance et la Prudence. Votre attitude face à moi prouve que vous avez réussi à faire vôtres les trois dernières. Quant à la Justice…

– Pardon de vous interrompre, mais justement, c'est

au sujet de la justice, dis-je à toute vitesse. Par ma faute, tout le monde va mal, ce qui n'est pas équitable, vu que je suis la seule coupable. Alors, je voulais vous proposer : j'accepte votre offre de diriger votre magazine. En échange, vous arrangez le coup pour ma famille et mes amis. S'il vous plaît ?

Karl s'arrêta net.

– Êtes-vous en train de me soumettre un marchandage, Pauline Orman-Perrin ?

– Oh non non non non. Pas du tout. C'est juste que…

D'un coup, j'eus de l'eau salée plein les paupières. Il fit mine de ne rien remarquer.

– Parce que, si c'était le cas, et si j'étais dans de bonnes dispositions, je pourrais y voir la preuve que, durant ces dernières semaines, vous avez également assimilé les vertus théologales, qui sont, je vous le rappelle – encore une fois, sans injure –, la Charité, la Foi et l'Espérance. Vous êtes prête à vous sacrifier pour autrui et prête à croire que je vous suivrai dans votre démarche. Il y a trente-neuf jours, dans votre situation, bien des gens auraient préféré conclure qu'ils avaient rêvé notre première rencontre et continuer leur vie comme si de rien n'était. Mais pas vous, Pauline. Tout ça me plaît.

Je restai bouche bée.

– Allons, ne faites pas cette tête ! Regardez plutôt la chapelle de la Vierge. Elle a été abîmée à la Révolution, hélas, mais elle reste très belle. Architecture d'Hardouin-Mansart, sculptures d'Anguier et de Falconet, la partie centrale est quasi intacte.

– Magnifique. Ça vous ennuie si je digresse encore un coup ? Alors… Karl, c'est d'accord, vous allez aider ma famille ?

– Tout doux, ma chère enfant ! Quand je vous ai rencontrée, je vous ai dit que j'avais souhaité laisser l'homme libre de faire le bien comme le mal. Mes interventions ici-bas sont extrêmement limitées et je ne crois pas devoir intervenir…

– Oh non. Je vous en supplie ! Vous ne savez pas combien je les aime ! Je ne peux pas supporter qu'ils souffrent ! Même mes chefs ! Même Germaine Criquet ! Même Marie-Ange Leprieur ! Même Prout ! Ce sont vos créatures, vous ne pouvez pas les laisser tomber ! C'est ma faute, emmenez-moi tout de suite en enfer s'il le faut mais faites quelque chose.

Karl leva les yeux au ciel en souriant, avec un tout petit fond de coquetterie – sauf son respect.

– Oh tiens, quelle coïncidence ! Nous passons justement devant la chapelle des Saints-Apôtres, regardez ce tableau représentant *La Prédication de saint Paul*, votre saint patron. À la réflexion, ma petite Pauline, je crois que je ne vais PAS accepter votre proposition.

Je portai les deux mains à ma bouche.

– Je ne pense plus qu'il soit pertinent de vous emmener là-haut avec moi aujourd'hui. En l'état, je doute un peu que vous puissez vraiment me rendre service au paradis. Je vous ai bien observée, POP, et je dois dire que votre maladresse m'a parfois bien fait rire. Mais, le temps passant, j'ai commencé à comprendre que je m'étais fourvoyé. Cela m'arrive de me tromper, ne faites pas cette tête estomaquée…

– Mais, Karl, pas vous ! L'erreur est humaine, exclusivement humaine…

– Relisez la Bible, mon petit. Vous oubliez que j'ai fait l'homme à mon image, donc je ne vois pas pourquoi je n'aurais pas le droit de me gourer comme tout le monde. Allez, un peu moins souvent, d'accord. Bref. Disons que, là-haut, mon environnement n'est pas tellement porté sur la fanfreluche, donc au départ je ne comprenais pas du tout votre mode de fonctionnement. Quand vous êtes arrivée, avec vos petits airs péremptoires, j'ai vraiment cru que vous étiez en train de gâcher vos chances de faire du bien ici-bas. Mais, au fil des jours, j'ai compris que l'ancienne POP, à sa façon, avait une utilité sociale… oserais-je dire supérieure à celle de la nouvelle Pauline ? Vos lectrices, vous les distrayiez, vous les amusiez, vous les agaciez, vous leur changiez les idées. Et cela, c'est une forme de talent, en tout cas une particularité peu fréquente et, à bien des égards, nécessaire, dans un monde pas toujours rose. Quant à l'univers de votre magazine, les stars, la mode, les tendances, la beauté, tout ça… J'ai beaucoup lu *Modelle*, ces derniers temps, et je dois vous avouer que je me suis pas mal amusé. C'est assez bien fait, je le reconnais. À la réflexion, je ne crois pas que cela mérite un anathème : rêver n'est pas un péché. Tiens, regardez, nous sommes revenus devant notre premier tableau. Regardez la légende, le fameux *Noli me tangere*. Vous savez ce que ça signifie ?

– Encore heureux, avec une mère prof de latin : ça veut dire « Ne me touche pas », c'est ce que le Christ dit à Marie-Madeleine lorsqu'il la croise à la sortie de son tombeau. C'est beau, murmurai-je.

– Et c'est là que va s'arrêter notre visite. Je vais vous laisser retourner à votre vie, Pauline, mais pas seulement parce que vous êtes meilleure quand vous interviewez Gwyneth Paltrow que quand vous haranguez vos lectrices avec vos « nouvelles béatitudes »… stupides. Ne le prenez pas mal, mais je pense être plus convaincant que vous dans cet exercice. Franchement, j'ai eu l'occasion de lire de vieux numéros : vous étiez bien plus drôle avant ! Quel dommage d'avoir perdu votre verve ! Je déteste l'idée d'en être responsable, savez-vous ? Et puis, vous m'avez ému, avec votre chagrin, tout à l'heure : il y a bel et bien de l'amour dans le cœur qui bat derrière cette veste en tweed, du vrai.

– C'est du shantung, Karl.

– Très joli. Mieux, en tout cas, que vos joggings. Mais quelle idée de vous habiller aussi mal ces derniers temps ? Où avez-vous pris que ressembler à un sac pourrait vous attirer ma grâce ? C'est idiot. Je n'ai jamais aimé la laideur, regardez cette église. Bref. Avant de vous quitter, je voulais de nouveau vous faire observer ce tableau… (il désigna la silhouette de Marie-Madeleine de sa main couverte de têtes de mort)… afin de conclure avec ce que le Christ a dit à cette pécheresse qu'il aimait tant : « Tu seras beaucoup pardonnée parce que tu as beaucoup aimé. » C'est également votre cas, Pauline Orman-Perrin. Vous avez le talent de vous entourer de gens adorables : votre mari est tout à fait délicieux, et puis votre mère, quelle femme superbe ! Vos enfants ont également besoin de vous, c'est l'évidence. Je vous condamne donc à reprendre votre vie telle qu'elle était avant notre rencontre et à la vivre jusqu'au bout. Et ne vous inquiétez pas trop pour vos proches : comme je me sens un peu responsable de vos ennuis, je vous promets une sorte de coup de pouce dans les prochains jours. Discret, léger comme tout. Ne vous attendez pas non plus à de la magie, je ne suis pas Harry Potter. (Il rit de bon cœur de sa propre blague.) Juste un petit miracle ou deux. Voilà. Je ne vous dis pas à bientôt, Pauline.

À l'idée qu'il allait partir, quelque chose se déchira en moi.

– Restez encore, encore un peu, implorai-je. Vous... vous ne voulez pas m'accorder une interview ? Je cherche du boulot en ce moment, ça pourrait être fort comme sujet, un *one to one* avec vous.

Dieu sourit, franchement amusé.

– Même pas en rêve. Et vous le savez parfaitement.

– Je, je crois que vous allez me manquer.

J'étais sincère. Karl le sentit. Il tapota son catogan, la mine bonhomme.

– Allons, allons. Vous voyez, Pauline, tout est bien. Grâce à notre rencontre, vous avez découvert un monde parallèle, sans doute plus profond, plus riche que le vôtre. Quelque chose me dit que vous reviendrez me voir ici, même en mon absence matérielle. Et à moi, vous aurez appris que le futile pouvait être utile. Si je m'écoutais, je crois bien que je m'abonnerais à *Modelle*... Vous voyez ? Vous comme moi, nous aurons progressé.

Je ne pus m'empêcher de faire un pas vers lui pour le prendre dans mes bras.

Alors, Karl Lagerfeld recula en murmurant « *Noli me tangere* », avant de disparaître pour toujours derrière un pilier de marbre rose.

Le quarantième jour

> « Ce qui fut, cela sera, ce qui s'est fait se refera et il n'y aura rien de nouveau sous le soleil. »
>
> L'Ecclésiaste

Un petit coup de pouce discret, léger ? Tu parles.

Dieu a beau faire son modeste, il est bien plus fort qu'Harry Potter.

À 7 heures du matin, un rayon de soleil perça l'interstice des rideaux pour venir me chatouiller directement la rétine, après quarante jours de crachin ininterrompu.

À 8 heures, Pierre rentra à la maison, encadré de deux membres de la brigade des stupéfiants qui me présentèrent les excuses les plus plates de la préfecture de police de Paris. Terrible méprise. On avait retrouvé les Colombiens à la frontière belge. Sans un gramme de drogue ni le moindre euro louche.

Envolées, les suspicions de guerre des cartels, blanchiment d'argent, escroqueries en tous genres : qu'on se le dise, les FARC étaient bien les seuls responsables de l'exil de la famille Pérez Aguilar. Et de leur brusque départ de la maison : Consuelo jurait avoir reçu la visite de deux compatriotes masqués la nuit de leur fuite. C'étaient eux qui avaient saccagé l'appartement, eux qui avaient glissé le shit sous le matelas de Paul pendant son sommeil et laissé du cash pour semer le doute. C'est pour nous protéger que la famille avait tiré sa révérence au petit matin. Ben voyons. Le Secours catholique, ulcéré de cette méprise envers des réfugiés politiques au-dessus de tout soupçon – je confirmai : des gens charmants –, entendait bien demander des dommages et intérêts aux autorités françaises et trouva immédiatement une famille pour reloger les Pérez Aguilar. Nous hésitâmes un instant à mettre ces malheureux au courant des risques qu'ils prenaient en hébergeant cette bande de barges, avant de convenir que tout le monde avait droit à une rédemption, même des Colombiens si peu méritants. Je pris tout de même soin de faire porter trois mois de traitement de Ritaline aux nouveaux hôtes du jeune Adolfo. (Quinze jours plus tard, Josefina téléphonerait à Paul pour lui demander pardon et lui faire ses adieux. Elle l'informerait en passant que les pilules de son petit frère commençaient à faire de l'effet – Adolfo avait renoncé à éviscérer le cochon d'Inde de la famille d'accueil –, que Ramón avait trouvé du boulot dans une banque et qu'elle-même allait intégrer un orchestre d'instruments rares. En raccrochant, mon fils sourirait.)

À 9 h 30, j'appelai le collège Luc-Ferry pour évoquer la réunion du conseil de discipline, prévu le lendemain. François Briscard, tout radouci, m'annonça qu'il était prêt à passer l'éponge et à offrir une nouvelle chance à Paul. Pourquoi ? « C'est un geste humanitaire : aucun autre établissement ne prendra votre fils en l'état. Je ne suis pas du tout superstitieux mais, cette nuit, j'ai rêvé de son nom, inscrit sur la liste des reçus au bac. Alors j'ai décidé de faire preuve de… comment dire ?… mansuétude. » J'eus, à cet instant, l'intuition foudroyante que François Briscard se trompait. Paul ne serait jamais sur la liste des reçus au bac. Mais sur celle des reçus avec mention. Bon, je suis sa mère, on est d'accord.

À 10 heures, coup de fil de maman. Là encore, je me pinçai pour y croire. Marie-Annick, désormais libre, ne me dit pas un mot sur Momo mais multiplia les compliments sur Jean-Joseph Goy, codirecteur de la sécurité de Fleury-Mérogis, la cinquantaine, divorcé, « qui a été extrêmement compréhensif et qui veut même inviter ta vieille mère à dîner, tu te rends compte ? »

À 11 heures, Prout le chien sortit du coma, ses facultés intellectuelles et motrices intactes. Non. Mieux qu'intactes. Plus jamais de sa longue vie il ne connaîtrait de pulsions masticatoires envers le cachemire et le cuir, pas plus qu'il ne ressentirait de velléités d'uriner sur les oreillers des êtres humains.

À midi, mon portable sonna. Marc Grand-Romieu tenait à m'annoncer lui-même la nouvelle : avec Mathilde, c'était reparti comme en 14.

– C'est à YOU que je le dois, Pauline, sans cette rupture brutale, jamais Math n'aurait compris combien *she loved me*. Quand elle m'a vu *crying*, après m'avoir annoncé qu'elle n'était pas enceinte, elle était encore plus émue que moi. Je suis tellement *happy*.

Bien sûr, souris-je, en envoyant un petit baiser au ciel.

– Et comment va-t-elle ?

– Elle est à côté, je te la passe ?

– Mais… elle veut bien me parler ?

– T'es conne ou quoi ?

La voix de Mathilde remplaça brusquement celle de Marc à l'appareil.

– Comment tu crois qu'on peut rester fâchées, toi et moi ? Il faudrait que tu t'en prennes à Monique… Ah, au fait, pour une fois, tu jouerais pas ton rôle de marraine en la gardant ce week-end ? Marc m'emmène à Venise.

– Volontiers, tu penses. Mais Math… y a ni golf ni battue au perdreau à Venise ?

– *I know*, murmura-t-elle, une pointe de triomphe dans la voix.

À 14 heures, une Adèle sautillante m'informa qu'elle venait de laisser tomber la chaîne télé KTO pour revenir à Filles TV au motif qu'elle avait « découvert le dernier clip de Robbie Williams et que ce coup-ci, ça y est, j'ai trouvé l'homme de ma vie ».

À 15 heures, Aflição vint m'annoncer solennellement qu'à compter de ce jour elle renonçait aux hommes mariés à tout jamais.

– À part si j'épouche quelqu'un un chour, natourellemench.

Au départ, je ne compris pas pourquoi l'au-pair lisboète venait me dire ça à moi. Elle continua d'une voix ferme :

– Je voulais que tu saches que chamais, chamais je n'ai regardé Pierre de façon malhonnête. Je veux pas que tou me considères comme un dancher pour ton couple.

Je m'interdis de repenser au fait que mon mari l'avait toujours surnommée « le Troll » et réussis à garder mon sérieux pour la remercier du fond du cœur de sa décision de finir l'année scolaire avec nous.

À 16 heures, on sonna à la porte. Germaine Criquet, radieuse.

– Ma petite Pauline, si tu savais ce que je viens de vivre ! C'est affreux, affreux, affreux, je n'ose même pas te raconter de quoi ces condés scélérats ont pu m'accuser. Oh si, je te raconte : la famille d'un méchant vieillard dont je m'étais occupée avec tout le dévouement humainement possible a prétendu que j'avais fait du zèle ! Moi ? Dieu sait que ce malheureux usait la patience du service, tu peux imaginer qu'à près de quatre-vingts ans cette canaille mariée tripotait le corsage des infirmières ? (Elle pinça les lèvres d'un air entendu.) Bon, ils ont fini par comprendre que le coup avait probablement été fait par une aide-soignante qui a disparu de la circulation il y a une semaine, mais heureusement que j'ai le bras long dans le milieu du bénévolat, je crois bien que, sans l'intervention conjuguée de Mgr Vingt-Trois et de Bertrand Delanoë, je croupirais encore dans une geôle humide. On imagine mal la jalousie que mon travail peut susciter auprès des familles. Ça m'a pas mal secouée, je crois que je vais arrêter l'aide aux mourants et me consacrer à autre chose. Les pièces jaunes de Mme Chirac, par exemple, j'aime tant les enfants, conclut-elle en battant des cils.

Prudemment, je ne parlai pas à Germaine de ma rencontre avec l'inspecteur Toragne. Quelque chose me disait que quelle que soit la question que je lui poserais, je n'aimerais pas sa réponse. Je ne laissai rien filtrer non plus de ma visite à Saint-Roch, me contentant de lui indiquer que tout était rentré dans l'ordre maintenant. Les quarante jours étaient écoulés, rien de catastrophique n'était arrivé, la vie continuait. J'avais probablement rêvé ma rencontre avec le Très-Haut, comme les médecins le pensaient. Elle sembla déçue que je la raccompagne vers la sortie en lui demandant de donner des nouvelles… à l'occasion.

Sur le palier, elle ouvrit la bouche pour dire quelque chose, comme prise de remords. Je lui fis signe de se taire, chuchotai « Bonne chance Germaine » et refermai doucement la porte. Sans colère. Sans regret.

À 17 heures, coup de fil de la direction bicéphale. Voix emmêlées et surexcitées, comme au bon vieux temps.

– POP, tu te souviens de ce qu'on dit toujours ? Que nul n'est prophète en son pays ? Eh bien, tu vas pas le croire. On a reçu des mails des US toute la matinée. Quelqu'un, je sais pas qui, a dû emporter un exemplaire du *Modelle* de la semaine là-bas, et bref, ton édito a circulé sur internet, de New York à L.A. en passant par Londres, dans les messageries des people. Depuis tout à l'heure, on croule sous des réactions positives et propositions d'interviews. T'es assise ? Hillary Clinton, Sharon Stone, Madonna, Melinda Gates, Camilla ex-Parker Bowles, elles veulent toutes réagir et te féliciter.

– Depuis quand elle lit le français, Hillary Clinton ? souris-je, en jetant un œil reconnaissant à la photo de Karl Lagerfeld désormais encadrée sur mon bureau.

– Oh, fais pas ta rabat-joie ! C'est que des exclusivités. Depuis le temps qu'on les voulait, ces filles, sans réussir à décrocher d'interview *one to one*… Et là, on est à leur dire : « Du calme, chacune son tour, Sharon, tu passes après Julia, Melinda, fais la queue comme tout le monde ! » Franchement, je sais pas pourquoi elles ont tant aimé cet édito, mais faut croire qu'aux États-Unis, les prêches, c'est leur truc… Te vexe pas, je veux dire… Là-bas, les people ont un rapport différent à la religion, au bien et au mal, à l'indispensable prise de conscience de notre Occident trop gâté, tout ça. Elles sont sérieuses, premier degré, engagées, très « susan sarandonifiées ». Enfin nous, tout ce qu'on dit, c'est que chez *Vague*, elles vont en bouffer leurs Manolo et ça c'est chouette.

– Ben c'est super. Je suis contente pour vous. Mathilde ou Sonia feront ces papiers à la perfection.

– Tu plaisantes, j'espère ?

– Ben quoi ? Vous m'avez mutée aux sports, je vous rappelle. Je ne vais tout de même pas interviewer Camilla, duchesse de Cornouailles, sur ce qu'elle pense du sélectionneur des Bleus ?

– Arrêêêête avec ça ! Tu pars après-demain pour New York pour une grande tournée. Tu commences par Hillary Clinton. Et tu as carte blanche, naturellement, POP.

Enfin, à 18 heures, personne ne téléphona ni n'entra dans ma chambre pour me faire une révélation fracassante.

Il se passa cette chose toute bête : je regardai mes mains et conclus à voix haute que j'avais besoin d'une bonne manucure. Pierre et les enfants arrêtèrent net toute activité pour se tourner vers moi, cœur battant. Alors, en souriant, je susurrai :

– Vous savez quoi, les chéris ? Je n'ai plus rien à me mettre. Demain, je compte bien aller place des Victoires et y claquer des sommes… comment dire ?… indécentes.

Silence.

Enfin, des larmes de joie ruisselèrent sur les beaux visages de mes enfants tandis que Pierre, tout doucement, me prit dans ses bras en murmurant :

– Dieu existe.

REMERCIEMENTS

Sainte Futile remercie tous ces êtres de lumière qui lui ont donné foi… en elle-même – ce qui est déjà pas si mal – pour écrire son aventure.

Distribution des auréoles, par ordre alphabétique, sur la tête de :

saint Alain, sainte Anne, sainte Annie, sainte Catherine, saint Christophe, sainte Delphine, sainte Denise, sainte Désirée, sainte Dorothée, sainte Éloïse, saint Félix, saint Geoffrey, sainte Isabelle, saint Jean, sainte Madonna, sainte Marie-Pierre, sainte Marion, sainte Nathalie, saint Nat King Cole, saint Paul, sainte Sophie, saint Stephen, sainte Sylvia, sainte Valérie, sainte Véronique, saint Wolfgang.

Un halo encore plus brillant que les autres sur la belle chevelure d'argent de saint Laurent, évidemment.

Que Dieu vous bénisse, sans blague.

Et un grand merci à Karl Lagerfeld et José Bové de leur aide aussi précieuse qu'involontaire.

Du même auteur :

Comment se faire épouser ?, Éditions Anne Carrière, 1996.

De l'autre côté du lit, Éditions Anne Carrière, 2003.

Composition réalisée par FACOMPO (Lisieux)

Achevé d'imprimer en mars 2007 en France par
MAURY-Imprimeur – 45330 Malesherbes
Dépôt légal 1re publication : avril 2007
N° d'éditeur : 85045
LIBRAIRIE GÉNÉRALE FRANÇAISE – 31, rue de Fleurus – 75278 Paris Cedex 06

31/1946/8